밀실
살인
게임

마니악스

MISSHITSU SATSUJIN GAME MANIACS

ⓒ Shogo UTANO 2011

All rights reserved.
Original Japanese edition published by KODANSHA LTD.
Korean translation rights arranged with KODANSHA LTD.
through Tony International.

밀실
살인
게임
마니악스

密室殺人ゲーム マニアックス

우타노 쇼고 장편소설
김은모 옮김

한스미디어

차례

Q1 여섯 명의 탐정   011

Q2 정말로 보이지 않는 남자   131

Q3 그리고 아무도 없었다   207

A&Q 예약된 출제의 기록   235

컴퓨터 화면에 소형 비디오카메라 영상이 비치고 있다. 영상은 모두 다섯 개이고 각각의 창 윗부분에는 창 이름이 붙어 있다.

[반도젠 교수] 창에는 괴이한 사람의 상반신이 클로즈업되어 있다. 마치 샛노란 새집 같은 아프로 머리, 두꺼운 렌즈에 소용돌이 모양이 그려진 안경, 입가에는 푸르스름한 면도 자국, 후줄근하고 얼룩진 흰옷. 코미디에 나오는 전형적인 미치광이 과학자 같은 그 모습은 미국의 추리소설 작가 잭 푸트렐의 '사고기계' 시리즈에 등장하는 초인 탐정 오거스터스 S. F. X 반 도젠의 코스튬 플레이(데포르메 70퍼센트 증량)인 듯하다. 노란 머리는 가발이고, 소용돌이 안경은 파티 소품, 면도 자국은 페인트다. 뺨이 약간 볼록한 것은 목소리를 바꾸기 위해 솜을 물었기 때문이다.

[두광인] 창에는 칠흑의 가면이 커다랗게 비치고 있다. 머리는 물론 얼굴 전체를 완전히 감싸는 그 가면은 시스의 암흑 기사 다스베이더 마스크다.

[aXe]에는 역시 창 가득하게 아이스하키 마스크가 비치고 있다. 영화 〈13일의 금요일〉 시리즈에서 제이슨 부히스가 착용하는 물건의 모조품으로 인터넷 옥션에서 3만 엔에 낙찰했다고 한다.

[잔갸 군] 창에는 거북이가 비치고 있다. 굵직한 네 다리와 갈고리발톱이 무시무시하지만 얼굴은 너구리처럼 애교 있는 늑대거북이다. 모형이나 봉제인형은 아니다. 수조 한가운데에서 꼼짝 않고 있지만, 이따금 두툼한 눈꺼풀을 무거운 듯이 치켜올린다. 수입, 판매, 사육 모조리 금지된 특정 외래 생물이지만 지바의 인바누마늪에서 잡아와 몰래 기르는 중이다.

[044APD] 창에는 인간의 상반신인 듯한 실루엣이 비치고 있다. 카메라 초점이 어긋났거나 젖빛 유리에 투과시킨 것처럼 흐릿한 영상이다. 검은 머리카락, 달걀형 얼굴, 동그스름한 어깨, 파란색 계통 옷. 더 이상은 알아볼 방법이 없다.

[반도젠 교수], [두광인], [aXe], [잔갸 군], [044APD]. 컴퓨터 화면의 이 다섯 개 창은 AV채팅 창이고, 창에 붙은 기묘한 명칭은 채팅할 때 사용하는 닉네임이다.

각각 다른 곳에 있는 컴퓨터를 고속 인터넷 회선으로 연결해 영상과 음성의 쌍방향 통신을 행하는 커뮤니케이션 기술, 그 옛날 20세기 때 꿈의 미래라고 일컬어졌던 화상 전화는 오늘날 21세기에 이러한 형태로 실현되었다. 웹캠과 AV채팅 소프트웨어를 기본적으로 갖춘 컴퓨터도 다수 유통될 만큼 AV채팅은 보통 사람이 일상적으로 사용하는 커뮤니케이션 수단 중 하나가 되었다.

하지만 반도젠 교수, 두광인, aXe, 잔갸 군, 044APD, 이들이 AV

채팅에서 행하는 것은 보통 사람의 일반적인 커뮤니케이션과는 거리가 멀다.

통상적으로 AV채팅을 할 때는 웹캠 앞에 맨얼굴을 드러낸다. 하지만 여기서는 모두가 진짜 얼굴을 감추었다. 반도젠 교수는 과도하게 변장을 했고, 두광인과 aXe는 마스크를 썼다. 잔갸 군은 자기 얼굴이 비치지 않도록 카메라를 설치했고, 044APD는 초점을 흐릿하게 했다. 이런 식으로 모두 맨얼굴이 드러나지 않도록 세심한 주의를 기울였다. 이 AV채팅에 그럴 만한 사정이 있기 때문이다.

이 채팅에서는 게임을 한다. 누가 더 기발하게 변장하는지 겨루는 것은 아니다. 그 게임은 바로 살인 추리게임이다.

항간에서 발생한 살인사건에 대해 범인상은 어떻고, 수법은 저떻고, 동기는 이러하며, 현장에 남은 알파벳의 의미는 저러하다고 아마추어끼리 서로 추리를 뽐내는 것은 드문 일이 아니다. 텔레비전이나 잡지에서도 일상적으로 행하는 일이다. 얼굴을 감추고 서로를 희한한 닉네임으로 부르는 그들이 즐기는 게임도 기본적으로는 그런 종류다. 현실에 일어난 살인사건의 수수께끼에 대해 추리하는 게임이다.

다만 이 추리게임에는 세간의 일반적인 호사가들이 주고받는 추리 논의와는 결정적인 차이가 한 가지 있다.

여기서 추리 대상으로 삼는 살인사건은 게임 참여자 각자가 직접 일으킨 것이다. 일단 자기 손으로 사람을 죽인 뒤 채팅에 참여하여 수수께끼를 풀어보라고 문제를 내는 것이다.

지혜를 짜내 고안한 트릭에 가공의 인물과 장소를 배치한 다음 범인 맞히기 소설로서 선보이는 것이 아니다. 자신이 짜낸 트릭을 살아 있는 사람에게 적용해보고, 즉 실제로 살인사건을 일으킨 뒤 그 사건의 트릭을 퀴즈로 출제하는 것이다.

원한, 증오, 입막음, 금전, 욕정, 학대에 따른 것이 아니라, 단지 고안한 트릭을 실제로 사용해보고 싶은 마음에 사람을 한 명, 때로는 두 명, 세 명, 열 명이라도 죽인다. 그리고 채팅을 통해 자신의 살인사건을 자랑스럽게 공개하고 술이라도 한잔하며 트릭에 대한 추리로 화기애애하게 이야기꽃을 피운다.

윤리는 없다. 그렇다고 냉혈하다고 말하면 어폐가 있다. 여기에는 차갑거나 따뜻하다는 감각조차 존재하지 않는다.

이 게임이 사회적으로 용인될 리 없다는 인식은 있다. 하지만 망설임이나 양심의 가책은 없다. 넘어서는 안 되는 선을 간단히 넘어버리는 자신들에게 도취되어 있을 따름이다.

참신한 트릭으로 사람을 죽이고 싶다. 그리고 남을 놀래주고 싶다.

밀실살인게이머들은 또다시 선을 넘는다.

1of9 (5월 13일)

"암흑 속에서 덮쳐드는 거한. 머리카락 한 올 차이로 바위 같은 거한의 주먹을 피하고 팔꿈치로 명치에 한 방 먹이는 주인공. 거한이 기절한 사이에 서둘러 출구로 향하지만, 이번에는 왼쪽과 오른쪽 문에서 적이 출현. 놀란 나머지 푹 고꾸라져서 도미노처럼 쓰러지는 주인공. 이것이 의표를 찔러 목표를 잃은 적이 서로를 공격한다. 회랑에서는 총격을 받지만, 간발의 차로 기둥 뒤편에 몸을 숨기고 적의 총알이 다 떨어진 틈을 타 다음 기둥으로 이동, 그런 패턴을 되풀이하며 엘리베이터에 도달, 그레네이드 런처에서 날아온 일격도 역시 간발의 차로 문이 닫혀서 모면. 한숨 돌린 것도 잠시, 엘리베이터 천장이 열리더니 구나이*를 문 닌자가! 거

---

* 닌자들이 사용하는 수리검.

품을 물고 후퇴하려고 해도 여기는 좁은 상자 속, 사방이 철로 된 벽이라 갈 곳이 없다. 이제 운도 다한 것인가?!"

[aXe] 창에 제이슨 마스크가 커다랗게 비쳤다. 마스크에 가려져서 입의 움직임은 보이지 않지만 창 아랫부분, 막대그래프 모양의 디지털 레벨 미터가 음성과 동조해 오른쪽으로 뻗었다가 왼쪽으로 줄어든다.

"야, 인마. 뭔 소리를 하고 싶은 거냐."

[잔갸 군] 창 아래에도 음성과 동조하는 레벨 미터가 있다. 레벨 미터는 [두광인], [반도젠 교수], [044APD] 창 아래에도 달려 있다.

"격렬한 충격이 주인공의 온몸을 감싼다. 당했다! 아니, 아니. 그게 아니다. 엘리베이터가 급정지했다. 후퇴하여 벽에 부딪친 순간, 우연하게도 어깨가 비상정지 버튼을 누른 모양이다. 닌자는 엘리베이터가 급정지하는 바람에 균형을 잃고 천장에서 저 아래 지하로 떨어졌다."

"그, 래, 서, 뭐?"

"엘리베이터에서 내린 후에도 석궁, 전기톱, 일본도의 공격을 받지만 여차저차하여 모조리 피해내고 입구에 도착한다. 문은 전자 자물쇠로 잠겨 있지만 적이 폭탄을 잘못 터뜨려 제어반이 부서지는 행운 덕분에 주인공은 결국 제3연구소에서 탈출한다. 그리고 훔쳐낸 칩을 해독하여 세계 정복단의 야망을 분쇄한다. 마지막으로 스태프 롤."

"혀를 확 뽑아버릴라. 누가 어제 본 영화 이야기를 하랬어!"

"아직 공개되지 않은 제 오리지널 각본인데요."

"시나리오 콘테스트에 응모했다가 일차에서 떨어져라. 네 녀석이 어제나 그저께, 아니면 일주일 전에 실제로 죽인 놈 이야기를 하라고!"

"그거랑 관련 있는데요."

"으엥?"

"지금 이야기를 듣고 뭔가 안 느껴집디까?"

"이야기가 구려."

"그 밖에는?"

"뒈져라."

"그 밖에는?"

"그러니까 네 녀석이 저지른 살인이랑 무슨 관계가 있냐고!"

"주인공이 슈퍼맨이나 다름없다는 느낌 못 받았나요?"

"등신 같은 소리 하고 있네. 액션 영화 주인공이 치트 키를 쓴다는 건 암묵의 룰 아니냐. 초딩도 그런 걸로 일일이 트집 잡지 않아."

"실베스터 스탤론 님이나 스티븐 시걸 님은 물론이거니와 격투기에 소양이 없는 전업주부나 열세 살짜리 컴퓨터광 소녀라 할지라도 러시아군 특수부대 열 명이나 스무 명은 거뜬히 쓰러트릴 정도니까."

반도젠 교수가 쓴웃음이 섞인 목소리로 말했다.

"무기는 프라이팬이나 게임 컨트롤러일 때도 있지."

두광인의 목소리에도 웃음이 깃들어 있었다.

"이거야 원. 죄다 우스꽝스러운 심리적 함정에 빠지고 말았군요."

aXe가 안타깝다는 듯이 말했다.

"주인공이라서 무적이 아닙니다. 온갖 위험을 극복하고 살아남은 승자라서 주인공으로 그려지는 거라고요."

"그렇구먼. 다카마쓰성을 함락시키고, 아케치 미쓰히데를 토벌하고, 시바타 가쓰이에를 자결시키고, 규슈를 평정하고, 호조 씨를 굴복시켜 천하를 통일했기에 역사 교과서에 굵은 글씨로 도요토미 히데요시라고 실리는 영예를 차지한 것이었어. 미쓰쿠리성의 야습에 실패해 롯카쿠 가문 졸병에게 목이 달아났다면 그리 눈에 띄지 않는 곳에 7포인트 크기 활자로도 못 실렸을 테지."

반도젠 교수가 턱을 문지르며 고개를 끄덕였다.

"역사란 승자의 기록이니까요."

"그러니까 그게 네 녀석의 살인이랑 무슨 관계가 있냐니까. 몇 번이나 말해. 입 아파 죽겠다."

잔갸 군이 다시 물고 늘어졌다.

"저는 승자라는 뜻입니다."

"이번 문제는 아무도 못 푼다는 말이냐. 이런 등신이 입만 살아가지고."

"그런 뜻이 아니에요. 나름대로 자신은 있습니다만."

"그럼 무슨 뜻인데?"

"디자이너스 맨션이라는 게 있습니다. 건축가의 콘셉트를 전면에 내세운 개성적인 맨션이죠. 알기 쉽게 말해 폼 나게 지은 맨션이라는 뜻입니다."

"그것도 모를까 봐? 사람 무시하냐."

"색채 심리라고 아십니까? 색채가 주는 심리적 효과를 가리키는 말인데, 예를 들어 빨간색은 마음을 적극적으로 만들고 녹색은 기분을 안정시키며 분홍색은 긴장을 완화시킵니다. 보라색에는 최면 효과가 있다고도 하죠."

"이야기에 맥락이 없어."

"이것도 일종의 화술입니다. 디자이너스 스피치라고나 할까요."

"그래, 너 잘났다."

"이번에 죽인 사람은 이데이 겐이치出井賢一라는 남자입니다."

"느닷없이 본론이냐."

"직업은 글쟁이. 주로 휴대전화나 디지털 카메라 등 전자기기 소개 기사를 모 매체에 무기명으로 쓰고 있죠. 블로그와 트위터에도 정보를 올리고 있는데요. 그쪽에서는 제법 깊이 있는 비평도 합니다만, 어디까지나 개인적인 활동이라 인터넷에서는 제휴 마케팅을 통해 약간의 광고 수익을 거두는 것이 고작입니다.

나이는 서른일곱. 미혼이고 부모와 함께 가나가와神奈川현 에비나海老名시에 살았습니다. 하기야 본가에는 한 달에 한 번 갈까 말까였으니 신주쿠新宿의 임대 사무실이 사실상의 주거지라고 봐야겠죠. 에비나로 귀성해도 고향 친구들과 음주가무를 즐기다 술이 떡이 되도록 취해서 잘 때만 본가로 돌아갔다고 하는군요. 계모가 싫어서 본가를 멀리한 모양인데, 세무적으로 우대 혜택을 받으려고 전입신고를 하지 않고 한 세대를 유지했답니다. 문제 풀이와는 상관없으니 자세한 이야기는 생략하겠습니다.

이데이 겐이치의 시체가 발견된 곳은 그가 신주쿠에다 빌린 사무실입니다. 5초메丁目에 위치한 반슈초番衆町 하우스라는 곳인데요. 1960년대 후반에 지어진 낡은 집합주택인데 노후화로 입주자가 줄어서 5년 전에 리폼했습니다. 다다미를 마룻바닥으로 바꾸고, 벽을 터서 방 두 개를 연결하고, 화장실에 온수 비데를 설치하는 등 상당히 대대적으로 개축했죠. 그중에서 가장 주목할 만한 점은 집에 색채 심리를 도입했다는 겁니다.

실내 벽은 대부분 하얀색이죠? 약간 어두운 느낌을 주려고 상아색이나 옅은 갈색 계통으로 하는 경우는 있습니다만, 분홍색은 어떨까요? 파스텔 색조의 분홍색은 산타페* 같은 곳의 주택에서는 볼 수 있습니다만, 일본에서는 좀처럼 눈에 띄지 않죠. 반슈초 하우스도 원래는 벽이 하얬습니다. 담배랑 햇볕, 손때로 더럽기는 했습니다만. 그런데 리폼하면서 분홍색을 칠했어요. 분홍색뿐만이 아닙니다. 파란색, 녹색, 보라색 등등 한 층당 세 가구가 자리한 4층 건물을 열두 가지 색으로 나눠 칠한 겁니다. 커튼이랑 신발장처럼 원래 딸려 있는 세간도 같은 색깔로 했고요. 이건 외국에서도 예를 찾아볼 수 없을 겁니다. 그리고 노란색 방에 살면 기억력이 증진된다느니, 파란색 방은 다이어트에 도움을 준다느니 하는 식으로 홍보해서 입주자를 모았죠. 이것 역시 디자이너스 맨션의 한 가지 형태로 보아도 될 겁니다.

---

* 아르헨티나 중부에 있는 상공업 도시.

어떻습니까? 뿔뿔이 흩어져 있던 이야기가 하나로 이어졌죠?
덧붙여 이데이 겐이치가 빌린 402호실의 테마는 검은색입니다.
죽을 곳으로는 최적의 장소 아닙니까. 하지만 그가 불행을 불러들
이려고 굳이 검은색 방을 고른 건 아니에요. 성격이 음침했던 것
도 아니고요. 검은색은 마음을 다잡아주는 효과가 있다고 합니다.
게다가 검은색은 고급스러운 느낌이 들잖아요. VIP가 타는 리무
진은 두말할 것도 없이 검은색입니다. 유럽의 유명 인사들은 검은
휴지를 애용한다는 말도 있던데요."

"이봐."

두광인이 끼어들었다.

"무슨 화술을 쓰든 상관없지만, 중요한 사실은 제대로 전해줘
야지."

"예?"

"이데이 겐이치가 신주쿠에서 죽었다고?"

"예, 사무실로 빌린 방에서요."

"신주쿠라면 어디 신주쿠?"

"5초메입니다. 말씀드렸을 텐데요."

"그게 아니라, 어느 현의 신주쿠냐고."

"엥?"

"지바현? 아이치愛知현?"

"잉?"

"군마群馬현? 가나가와현?"

"무슨 영문도 모를 소리를. 당연히 도쿄잖아요."

"당연하기는 뭐가 당연해. 지바시 주오中央구에도, 나고야名古屋시 메이토名東구에도, 군마현 다테바야시館林시에도, 가나가와현 즈시逗子시에도 신주쿠는 있다고."

"지금 인터넷으로 찾아보고 트집 잡는 거 맞죠?"

"그래서 뭐? 말 돌리지 마. 어디의 신주쿠인지 똑똑히 밝히라고 하잖아."

"아무렴. 신주쿠 하면 도쿄, 이건 허세 쩌는 도쿄 사람의 논리지, 멍청아."

잔갸 군이 기고만장하게 끼어들었다. 그 말을 기다렸다는 듯이 두광인이 말을 이었다.

"난 허세 안 떨었는데."

"말장난 수준하고는. 초딩이냐˚."

"도쿄에도 신주쿠는 하나가 아닐세. 가쓰시카葛飾구에도 있어."

반도젠 교수도 대화에 참여했다. 곁에 노트를 놓고 이야기하고 있었다. 두광인이 바로 잘못을 꼬집었다.

"가쓰시카 구에 있는 건 '니주쿠'˚˚지."

"어허, 이것 참 실례했네."

"멍청이는 댁들이 아닐까 하는데요."

aXe가 하품 섞인 목소리로 말했다.

"귀공도 참 짓궂구먼. 잘못을 순순히 인정했으니 상처에 소금

˚ '도쿄 사람(東京人)'과 '두광인(頭狂人)'의 일본어 발음은 둘 다 '도쿄진'이다.
˚˚ 도쿄의 신주쿠와 한자는 같지만 발음이 다르다.

을 뿌리지는 않아도 될 터인데."

"한자를 잘못 읽었다고 그러는 게 아니에요. 제 이야기를 제대로 들었으면 도쿄도 신주쿠구 신주쿠 5초메라는 걸 대번에 알았을 테니까요."

"응?"

"건물 이름은 한 귀로 듣고 한 귀로 흘렸습니까?"

"반슈초 하우스라고 하였지?"

"제대로 들었네요. 그런데 머리에 불이 딱 안 들어옵니까? 정말 골치 아픈 분이네요. 반슈초란 도쿄도 신주쿠구의 예전 지명입니다. 1978년에 주소 표시 제도를 실시하면서 신주쿠 5초메로 바뀌었죠."

"무어라?"

"반슈초라는 이름이 붙은 건물이 신주쿠 5초메에 있으면 그 신주쿠는 당연히 도쿄도 신주쿠구라고 봐야겠죠. 왓슨 박사도 할 수 있는 초보적인 추리라고요."

"하지만 이 몸은 도쿄 사람이 아니야. 해당 지역의 주소가 바뀌었다니, 그런 기초 지식은 모른단 말일세."

반도젠 교수가 분개했다.

"헤이세이平成* 시대에 태어났는데 그딴 걸 알 게 뭐냐, 얼간아."

잔갸 군도 거들고 나섰다.

"저는 아무래도 댁들을 오해하고 있었나 봅니다."

● 아키히토 천황 때의 연호, 1989~2019.

"무슨 오해?"

"추리소설을 좋아해서 고금동서의 명작은 거의 다 읽었음이라. 그렇다면 다음으로 무엇을 할 것인가. B급이나 C급 작품에까지 손을 대서 컬트의 길로 빠져들 것인가, 아니면 스스로 소설을 써서 상에 응모할 것인가. 하지만 그런 건 너무 흔해빠져서 자극이 모자라다 한탄하는데 고안한 트릭을 실제로 사용해 사람을 죽이고 어떻게 죽였는지 알아맞히며 즐기는 전위집단이 나타났도다. 그들은 죽거나 경찰에게 붙잡혔지만, 그 뜻에 공감해 멋대로 뒤를 잇는 자들이 다수 나타났으니 나도 그중 하나니라. 그리하여 함께 진짜 밀실살인게임을 즐길 동호인을 찾아 지금 여기에 모였도다. 우리가 여기 모인 취지는 이거 아닙니까? 적어도 저는 그런데요."

"이 어르신도 마찬가지야. 당연한 소리를 새삼스레 늘어놓기는."

"신주쿠라는 벽도 못 넘을 정도면서 저랑 동류라니요."

"그러니까 그건 누구나 다 아는 기초지식이 아니라고 했잖아, 이 멍청아. 그럼 네 녀석은 지바시 주오구가 옛날에 뭐라고 불렸는지 아냐?"

"모든 사람이 다 알지는 못하겠지만, 트릭을 편애하는 사람이라면 뇌 주름에 축적시켜둬야 합니다."

"앙?"

"아유카와 데쓰야라는 작가를 아시는지?"

"지금 나한테 묻는 거냐. 어이가 없네."

"이런, 이런. 이렇게까지 말했는데도 모르다니. 역시 그 정도의 애호가에 불과했군요."

"그래서 뭐. 아유카와 데쓰야가 어쨌는데? 이해가 가게 지껄이라고."

잔갸 군이 흥분해서 딱딱거리는데 화면에 가늘고 긴 창이 열리더니 글자가 나열되었다.

檜田博人

"콜롬보 씨입니까?"

'044APD'를 닉네임으로 쓰는 인물은 좀처럼 입을 열지 않고 키보드를 쳐서 의사를 전달한다. 그 영어 닉네임이 콜롬보 경감의 애차 번호에서 유래되었으므로 044APD를 부를 때는 모두 콜롬보라고 한다.

잇사안一茶庵

"이제 됐습니다. 과연 콜롬보 씨는 알고 계셨군요."

aXe의 박수 소리가 들렸다.

"저 한자, 마사다 히로토? 누구야?"

"스기타 히론도입니다. 맥은 『다섯 개의 시계』도 안 읽었습니까? 그래놓고 잘도 미스터리를 좋아한다고 설쳤군요."

"당연히 읽었지. 그거잖아, 호시카게 류조의……."

"오니쓰라 경감."

"아, 그래. 오니쓰라였지. 알리바이 무너뜨리기잖아."

"오니쓰라 경감은 늘 알리바이를 무너뜨리는데요."

"단나 형사가……."

"이 작품에는 등장 안 합니다."

"……."

"후배를 가짜 알리바이의 증인으로 내세우는 그거로구먼. 비어홀과 영화관을 돌아다니다가 자기 집에 데려가지. 거기서 메밀국수를 먹어. 튀김 메밀국수던가."

영화감독이 대본으로 그러듯이 반도젠 교수가 돌돌 만 노트로 팔 윗부분을 두드렸다.

"아아, 그래서 사건이 발생했을 때는 메밀국수를 배달해서 먹고 있었으니 아오야마까지 죽이러 갈 수 없다는 식으로 전개되던가. 양품점 주인의 증언과 라디오 방송으로도 알리바이가 성립되어 이중 삼중의 벽이 오니쓰라 앞을 가로막잖아."

두광인도 그제야 떠오른 듯했다.

"용의자인 스기타 히론도의 자택이 신주쿠 반슈초에 있습니다. 그러니 『다섯 개의 시계』를 읽었으면 반슈초라는 말이 나오자마자 도쿄의 신주쿠라고 대번에 안다고요. 그런데 댁들은."

aXe가 한숨을 내쉬었다.

"엄청 오랜 옛날에 읽어서……."

잔갸 군이 변명하듯이 중얼거렸다.

● 호시카게 류조는 국내에도 발간된 아유카와 데쓰야의 『리라장 사건』에 등장하는 탐정이다. 오니쓰라 경감은 주로 단나 형사와 함께 활약하며 알리바이 무너뜨리기로 유명하다. 덧붙여 잇사안은 『다섯 개의 시계』에서 용의자가 메밀국수를 시켜 먹은 가게 이름이다.

"헤이세이 시대에 태어났는데 엄청 오랜 옛날이라면 한 20년 정도 전입니까? 젖 떼고 나서 그림책 대신에 아유카와 데쓰야의 작품을 읽었어요? 그래요?"

"작품 속 지명을 어떻게 일일이 다 기억하냐! 트릭에 직결되는 것도 아닌데."

aXe의 야유에 잔갸 군이 태도를 180도 바꾸어 화난 듯이 소리를 버럭 질렀다.

"예, 예. 저희가 소설을 대충 읽었습니다."

두광인이 적당히 마무리를 지으려는데 이번에는 044APD가 나서서 주장했다.

난 알고 있었어.

"암요. 그쪽이야 언제든지 전부 다 알고 계시죠."

무표정한 다스베이더 마스크로 얼굴을 가린 두광인은 지긋지긋하다는 듯이 한숨을 내쉬었다.

2of9 (5월 13일)

"이데이 겐이치가 빌린 반슈초 하우스 402호실은 스튜디오 타입의 방입니다."

aXe가 이야기를 본론으로 되돌렸다.

"스튜디오, 압니까? 욕실이나 화장실을 제외하고는 방의 구분이 없는 구조입니다. 요컨대 원룸이죠. 하지만 원룸 하면 싸구려 비즈니스호텔처럼 침대에 텔레비전만 놓인 협소한 인상이 강해서 요즘은 제법 널찍한 원룸을 미국식으로 스튜디오라고 부릅니다. 최근에는 그 흐름에 편승해서 종래의 좁은 원룸도 스튜디오라고 부르는 모양입니다만."

"으깬 명태 살이 원료인 게맛살로 만든 볶음밥까지 게살 볶음밥이라고 부르는 거랑 비슷하구먼."

반도젠 교수가 입가에 손을 대고 웃었다.

"402호실은 원래 방이 두 개에 식당과 부엌이 딸려 있었습니다. 그런데 요전에 리폼을 하면서 벽을 텄죠. 방 크기는 서른 평, 한 다다미 열여덟 장 정도 될까요. 제법 넓습니다. 방이 넓으면 냉난방의 효율이 안 좋으니까 저는 좁은 방을 여러 개 두는 편이 낫다고 봅니다만. 이데이 겐이치의 시체는 현관이나 욕실이 아니라 이 그저 넓기만 한 방에 있었습니다.

현장은 동서 방향으로 기다란 방인데, 길쭉한 남쪽의 절반은 바닥까지 이어진 유리창입니다. 모퉁이 방이 아니라서 방에 창문은 이거 하나뿐이에요. 남향입니다만, 이웃 빌딩이 바로 앞에 떡 버티고 있어서 아마 해는 잘 들지 않았겠죠. 창밖은 폭이 50센티미터쯤 되는 좁은 베란다로 빨래를 말리려면 제법 애를 먹지 싶었습니다. 창문이 없는 벽에 자리 잡은 금속 선반에는, 낡은 휴대전화에 PDA, 전자사전, 디지털 카메라, 손목시계, 미니카, 바코드 리더기 따위 전자제품이 무질서하게 진열되어 있다기보다 처박혀 있었습니다.

동쪽 벽에는 철제 로프트 베드가 놓여 있었습니다. 2층 침대의 2층만 있는 것처럼 생겨먹은 그겁니다. 아래쪽 공간에는 소파나 수납장을 놓거나 옷을 걸어 옷장 대신 쓸 수 있죠. 이데이는 책상을 놓아 작업 공간으로 활용했습니다. 책상 위에는 노트북과 IC 리코더가, 옆의 래크에는 프린터 복합기와 외장하드 따위가 놓여 있었고요.

북쪽에는 책장과 컬러 박스, 그리고 캐비닛이 있었습니다. 전부 다 일과 관계된 물품과 자료로 가득했고, 공간이 모자라 수납하지 못한 물건은 바닥에 쌓아놓거나 박스에다 쑤셔 박아두었습니다.

서쪽 벽은 AV기기가 차지하고 있었습니다. 대형 액정 텔레비전, 블루레이 리코더, 홈시어터 시스템, 게임기, 영화와 게임 디스크 다수. 큼지막한 벽장도 여기 있습니다. 넓이는 다다미 한 장 정도고요.

방 한가운데에는 2인용 소파와 나지막한 테이블이 있었습니다. 소파는 텔레비전 방향으로 놓여 있었고, 테이블은 식탁 겸용이었던 것 같습니다.

그리고 이 소파와 로프트 베드 사이에서 이데이 겐이치가 죽은 채로 발견되었습니다. 엎드린 자세로 두 팔을 옆으로 벌리고 한쪽 다리는 쭉 펴고, 다른 쪽 다리는 약간 구부리고 있었죠. 이렇듯 방위 방方자 모양으로 쓰러져 있다가 5월 8일 오전 9시경에 발견되었습니다. 그 후의 조사로 사망 시각은 발견 시각에서 일곱 시간을 거슬러 올라간, 같은 날 오전 2시 전후임이 밝혀졌고요.”

이때 "여보게" 하고 반도젠 교수가 손을 들었다.

"설명이 가경에 접어들었는데 미안하네만, 먼저 현장 사진을 보내줄 수 없겠는가? 그걸 보면서 들으면 이해가 더 잘 될 것 같으이."

"이것 참 실례했네. 깜박했구먼."

"그건 이 몸의 말투 아닌가."

"아이고, 저도 모르게 그만. 보자, 필요한 사진은 픽톨에 올려두었으니 각자 열람하시기 바랍니다."

"뭐야. 평소처럼 직접 보내."

잔갸 군이 불평을 토했다.

"매번 똑같은 걸 되풀이하면 지루하지 않습니까. 세상에는 새로운 기술과 서비스가 속속 등장하고 있으니 당연히 써먹어야죠."

"하지만, 야 인마. 그건 공유 사이트라고. 거기 올린 사진은 전 세계 사람이 다 볼 수 있단 말이야."

"남이 봐서 곤란할 만한 사진은 올리지 않았습니다. 제삼자가 봐봤자 뭔지도 모를 사진뿐이에요. '고바야카와 조지小早川譲二'라는 이름으로 올려두었으니 검색해보세요."

"뭐냐, 그 찌질한 이름은. 상식적으로 생각해서 네가 올렸으면 제이슨 부히스가 딱 나와야지. 혹시 고바야카와 조지가 본명이냐?"

"상식적으로 생각해서 본명을 쓸 리 있겠어요? 역시 『다섯 개의 시계』를 안 읽었군요. 범인에게 이용당한 후배의 이름을 빌려 왔습니다."

어흠, 하고 부자연스러운 헛기침을 남기고 잔갸 군은 침묵했다.

픽톨은 사진을 올리는 사이트다. 불특정 다수의 이용자에게 보여줄 목적으로 자신이 찍은 사진을 업로드한다. 하이킹하다 찍은 UFO 스냅 사진을 전 세계에 공개하고자 잠깐 들렀다 가는 사람도 있고, 취미 삼아 찍은 나비 사진을 이따금 계속 올리며 개인 전시회장처럼 사용하는 사람도 있다. 시내의 갤러리를 빌리려면 품과 돈이 들지만 인터넷의 이 사이트는 무료이고, 집에서도 기획부터 전시까지 몽땅 해치울 수 있다. 또한 업로드한 사진에 열람자가 댓글을 달 수 있으므로 커뮤니케이션 수단이라는 측면도 갖추고 있다.

'고바야카와 조지'가 올린 사진은 스무 장이었다. 반슈초 하우스 건물 전체를 찍은 사진, 1층 입구 사진, 402호실 안에서 복도, 욕실, 화장실, 부엌, 방 안을 다양한 각도에서 찍은 사진. 방뿐만 아니라 현관과 화장실 바닥과 벽, 천장 할 것 없이 모조리 검은색으로 통일되어 있었다. 방의 평면도를 찍은 사진도 있었다. 사진을 보니 현관은 북향, 방은 남향이고 현관과 방은 짧은 직선 통로로 이어져 있다. 그리고 통로 좌우에 부엌, 욕실, 화장실이 자리 잡고 있다. 현관으로 들어와서 왼쪽이 욕실과 화장실, 오른쪽이 부엌이다.

다다미 열여덟 장 정도 크기라고 했으나 방은 그렇게 넓어 보이지 않았다. 물건이 많은 탓이리라. 사방 벽이 침대와 래크로 막혀 있어 압박감이 느껴졌다. 바닥 군데군데에 크고 작은 박스가 놓여 있는데, 그중 하나의 입구 틈새로 팔이 빠진 미소녀 피규어와 하드디스크, 전자 기판이 보였다. 래크나 박스에 수납할 공간이 없어 바닥에다 내려놓은 물건도 있었다. 잡지, 구리선이 드러난 전기 코드, 전자 다트 보드, 가로로 절반이 잘린 트럼프 더미, 효자손, 문서 세절기, 영양제 병, 발바닥 마사지기, 지금은 시대 저편으로 사라진 집드라이브, 역시 문화유산이 된 애완용 강아지 로봇, 휴대형 진공 청소기, 일안 리플렉스 카메라의 교환 렌즈, 초음파 세정기 등등 종류를 불문한 전자기기들이 소파와 테이블까지 차지하고 있었다. 소형 카 내비게이션과 전자 북 리더기 사이로 과자 부스러기와 마시다 만 페트병이 보였다.

그렇게 어수선한 방 안에 사람이 쓰러져 있었다. 짧은 머리에 덩치가 작고 마른 남자였다.

"돼지 우리 같은 방이로군. 책상 아래에 있는 원반 같은 거, 자동 청소기지? 이렇게 어질러져 있으니 저건 못 써먹겠다."

잔갸 군이 사진을 보고 난 감상을 말했다.

"일의 특성상 다양한 물건이 손안에 들어올 터이지. 물건에 흥미가 있어서 이런 일을 하는지도 모르고."

반도젠 교수가 입가를 문지르면서 고개를 끄덕였다:

"그건 그렇고 정말 철저하다. 침대, 래크, 소파, 컴퓨터, 텔레비전, 블루레이 리코더, 디지털 카메라, USB메모리, 전부 다 새카매. 이것들은 원래 비치되어 있던 게 아니라, 방에 맞추어 검정색 모델을 구입한 거겠지? 끝내주네. 옷도 검정 일색이야."

"피규어에는 하얀색과 보라색, 빨간색과 녹색도 들어가 있구먼. 박스는 카키색이고."

"여기 병신 한 마리 추가요. 피규어가 온통 새카매봐라, 하나도 안 섹시할 거 아니냐. 검은색 박스도 있기야 있겠지만, 상품을 발송한 곳에서 그걸 안 쓰면 어쩔 수 없다고. 그렇다기보다 보통 그런 박스는 안 써."

"이게 이데이 겐이치?"

두광인이 확인했다.

"그렇습니다."

"다른 각도에서 찍은 사진은?"

"두 장이 있죠."

"각도는 똑같잖아. 클로즈업했느냐 안 했느냐의 차이밖에 없어."

"공교롭게도 한 군데서 찍은 사진뿐입니다."

"그럼 똑같은 각도라도 상관없으니까 더 또렷한 사진 없어?"

"죄송합니다."

'pic19'라는 파일 명이 붙은 사진에는 위아래로 거무튀튀한 스웨트 의류를 입은 남자가 방위 방ㅊ 모양으로 엎어진 모습이 담겨 있었다. 'pic20'에는 어깨뼈에서 위쪽을 클로즈업한 사진. 둘 다 상당히 위에서 내려다보는 느낌으로 촬영되었는데, 초점이 안 맞는 정도는 아니지만 전체적으로 흐릿하게 느껴졌다. 특히 클로즈업 사진은 화질이 엉망이었다.

"다른 사진은 전부 선명한데."

"틀림없이 쫄았겠지. 아니면 도망쳐야겠다는 생각이 머릿속에 가득해서 셔터를 한 번 누르는 게 고작이었을 거야."

잔갸 군이 약 올리듯이 말했다.

"시체 사진만 카메라가 다릅니다."

"휴대전화?"

"아니요, 방범 카메라 영상을 캡처했어요. 19가 보통 앵글이고 20은 그걸 줌인한 사진이죠. 광학 줌이 아니라 디지털 줌 기능밖에 없어서 화질이 구립니다."

"방범 카메라? 세대마다 그런 폼 나는 게 달려 있다고? 아, 리폼할 때 달았구나. 색채 심리에 덧붙여 뛰어난 방범 시스템을 홍보 수단으로 삼은 거야."

"아니요. 반슈초 하우스의 방범 시스템은 반슈초가 존재하던 쇼와 무렵과 다를 바 없습니다. 1층 입구에도 방범 카메라는 없어요. 오토록도 아니고, 상주하는 관리인도 없죠. 이 방범 카메라는 이데이 겐이치가 제멋대로 설치한 겁니다. 인터넷에 항상 접속되어 있어 밖에서도 컴퓨터나 휴대전화로 집의 상황을 실시간으로 확인할 수 있어요. 요컨대 지금 우리가 AV채팅에 사용하는 웹캠과 똑같은 원리입니다. 절도범에 대응하는 것은 물론, 집에 두고 온 어린아이나 노인, 애완동물이 어떤지 살피기 위해 가정용으로 사용되는 제품이 있습니다."

"5백 개 한정인 G-SHOCK 시계나 옥션에서 낙찰한 소프트비닐 가라몬˚ 모형을 지키려고? 아니면 고양이라도 길렀나?"

"어딘가에 애완용 강아지 로봇이 찍혀 있었을 터인데."

˚특촬 SF 드라마 〈울트라Q〉에 등장하는 괴수.

반도젠 교수가 마우스를 조작했다.

"그게 똥오줌이라도 지릴까 걱정스러웠다고? 정신 나갔냐?"

"본인한테 직접 들은 건 아니지만, 아마 특별한 기대감 없이 재미 삼아 사용해봤겠죠. 새로운 물건에 민감한 사람들은 대개 그런 경향이 있습니다. 철저하게 써먹기보다 일단 소유하는 데 의의를 두죠. 아까 전에 이야기가 나왔던 자동 청소기도 그렇고요."

"아, 그 기분. 어쩐지 알 것 같다."

"그런데 왜 이 사진만 카메라를 바꿨어?"

두광인이 물었다.

"저도 새로운 물건을 좋아해서 잠깐 사용해보고 싶었습니다. 이런 대답이면 될까요?"

"안 돼."

"막 죽여서 뜨끈뜨끈한 시체에 카메라를 들이대려니 기분이 찜찜했습니다."

"안 된다고."

"진짜 이유는 잠시 후에."

"광고 세 편 때린 후에?"

"문제의 핵심과 관련되어 있으니 조금만 더 시간을 끌도록 하겠습니다. 다른 질문을 먼저 받도록 하죠."

"뭐, 알았어. 그럼 사인은?"

"경찰의 발표에 따르면 뇌좌상* 때문에 발생한 급성 경막하 혈

---

* 외상 또는 다른 충격으로 뇌에 출혈이나 손상이 일어난 경우를 말한다.

종으로 죽었답니다. 또한 경추도 손상되었고요."

"아아, 어쩐지 부어오른 것처럼 보이기도 한다."

pic20에 찍힌 뒤통수 부분이다. 하지만 화질이 안 좋아서 외부 출혈과 상처의 모양은 확인할 수 없었다.

"흉기는?"

"현장에서는 발견되지 않았습니다."

"범인이 한정될지도 모르니 가지고 돌아갔구나. 뭘 썼어?"

"미묘한 질문이로군요."

"경찰뿐만 아니라 우리한테도 못 가르쳐줘? 상당히 특수한 흉 기라서 뭔지 밝히면 진상이 드러난다는 뜻?"

"안쪽 높은 공이로군요."

"뭐?"

"난감한 곳을 찔러 들어왔다고요."

"불공평하잖아! 추리에 필요한 정보는 남김없이 제공하는 게 규칙이야."

잔갸 군이 으르렁댔다.

"아니요, 이건 규칙 위반에 해당하지 않습니다. 왜냐하면 현장 에서 흉기가 발견되지 않았다는 사실 자체가 추리의 요건이기 때 문이죠. 아차, 이거 제법 큰 힌트를 드렸는데요."

"글쎄다."

홍, 하고 코웃음 치는 소리가 난 후에 어흠, 헛기침 소리가 들리 더니 반도젠 교수가 몸을 내밀었다.

"그런데 20번 사진 말일세. 피해자의 왼쪽 귀에 보청기 같은 게 보이는데."

"일본에서는 아직 발매되지 않은 블루투스 헤드셋입니다. 이렇게 크기가 작은데 골전도 마이크까지 달려 있죠. 끝내주는 물건이에요. 역시 새로운 물건에 민감하게 반응하는 사람답습니다."

"음악에 푹 빠져 있을 때 덮쳤는가?"

"그런 비겁한 짓은 안 했어요."

"그리고 19번. 시체 아래에 뭔가 있는 것처럼 보이는데. 네모지고 큼지막한 판자 같은 물건."

"그건 다다미입니다."

화질은 좋지 않지만 다다미의 가선 같은 부분이 보였다.

"다다미? 이 방은 마룻바닥 아니었는가?"

"마루를 깐 방에서 쓰는 다다미가 있잖아요. 보통 다다미보다 얇아서 매트처럼 사용하죠. 유닛 다다미라고 하던가요?"

"아아, 그거. 역시 일본인은 다다미가 있어야지. 서양인들과 달리 신발을 신고 생활하지 않으니까 그만 드러눕고 싶어진다는 말씀이야. 하지만 바닥에 직접 누우면 아프고말고. 응? 잠깐만 기다리게."

반도젠 교수는 입을 다물고 고개를 쑥 내밀었다. 소용돌이 안경의 귀걸이 부분에 손가락을 대고 뭔가를 관찰하듯이 잠깐 그렇게 가만히 있다가 자세를 바로잡고 말했다.

"19번 사진에 또 한 가지 의문이 있네. 시체 주위에 호쾌하게 흩어져 있는 것은 책인가? 다다미 아래에도 있는 것 같은데."

"예, 책 맞습니다."

"덧붙여 가장자리 쪽에 기다란 널빤지 모양의 물건이 찍혀 있네만, 혹시 책장의 옆판인가?"

"틀림없이 책장입니다."

"이 각도에서 보건대 책장은 쓰러진 것 같구먼."

"제가 보기에도 그렇네요."

"그런데 다른 사진에서는 책장이 쓰러져 있지 않으이. 10번, 14번을 보면 명백하지. 침대와 소파 사이에 책장은 쓰러져 있지 아니하고, 바닥에도 책은 몇 권밖에 없어."

"그러게요."

"그리고 10번과 19번의 결정적인 차이는 19번에 찍힌 시체가 10번에는 흔적도 없다는 걸세. 이것은 무엇을 의미하는가. 10번과 14번은 살해하기 전에 촬영했고, 19번과 20번은 살해한 후에 촬영한 거야."

"예, 말씀대로입니다."

"살해하기 전에는 멀쩡하던 책장이 살해한 뒤에는 쓰러져 있다. 살해할 때 다투다가 책장이 쓰러진 거겠지?"

"그 해석에 트집 잡을 만한 요소는 없군요."

"책장이 쓰러지고 책이 이렇게 많이 흩어졌으니 아주 큰 소리가 났을 걸세. 진동도 심했을 거고. 반슈초 하우스는 개장할 때 방음 공사도 했는가?"

"제가 아는 바로는 안 했습니다."

"보통 가옥의 일반적인 방음 설비로는 책장이 넘어지는 소리와 진동을 막을 수 없을 걸세. 소리와 진동은 옆집에도 전해졌을 거야. 특히 바로 아랫집에 사는 사람에게는 마른하늘에 날벼락이나 다름없었겠지. 귀공은 아까 사망 시각이 오전 2시 전후라고 했어. 즉, 책장이 넘어진 시각이 바로 그때야. 현대인이 올빼미 같은 생활을 한다고는 하지만 일반적인 사회생활을 영위한다면 보통 새벽 2시는 푹 잠들어 있을 시각이지. 하지만 바로 위에서 책장이 쓰러져서 눈사태가 일어난 것처럼 내용물이 쿵쾅쿵쾅 쏟아져 내리면 지진이 일어났거나 가스가 폭발했나 싶어 벌떡 일어날 거야."

반도젠 교수는 위를 가리키거나 몸을 흔들며 열변을 토했다.

"지당하신 말씀이에요. 맨션 입주자가 402호실에서 난 이상한 소리를 들은 것을 계기로 시체가 발견된 듯합니다."

"그렇다면 이해가 안 가는 점이 있네. 아까 귀공은 오전 9시경에 시체가 발견됐다고 했어. 이웃사람이 402호실에 무슨 일이 생긴 걸 알아차렸는데, 어째서 일곱 시간이나 지나서 발견됐을까?"

"글쎄요, 자세한 사정은 저도 모릅니다. 일을 치른 뒤에 현장에 머무르며 상황을 살피지는 않았으니까요. 자세한 사정을 알아내는 건 탐정 여러분의 몫이 아닐까 하는데요. 저는 하찮은 범인에 지나지 않습니다."

"으음, 그랬지."

반도젠 교수는 아프로 머리를 툭툭 두드리더니 지금 나눈 이야기를 잊지 않으려고 그러는지 옆의 노트에 글을 끼적였다.

"다른 질문은요?"

aXe가 재촉하자 잠시 뜸을 들이다 잔갸 군이 입을 열었다.

"어이, 제일 중요한 걸 빼먹었는데 어떻게 질문을 하라고."

"제일 중요한 것?"

"문제 말이야, 문제. 이번에 우리는 뭘 해명하면 되냐?"

"이런, 당연히 아실 줄 알았는데."

"현장에서 발견되지 않은 흉기가 뭔지 추리하면 돼?"

"이런, 이런. 그것보다 큰 문제가 떡 버티고 있지 않습니까. 너무 커서 눈에 안 들어옵니까?"

"에엥?"

"다스베이더 경이랑 교수님은 제쳐두더라도 댁이 모르다니, 기억력과 주의력, 판단력이 금붕어 수준이로군요."

"뭐야. 말 돌리지 말고 똑바로 말해."

그러자 aXe가 대답하는 대신에 화면에 텍스트가 나타났다.

이데이 겐이치의 사망 추정 시각은 5월 8일 오전 2시 전후.

"봐요, 콜롬보 씨는 잘 알고 계시네."

"그딴 건 이 어르신도 알아. 아까 네 녀석이 그랬잖아. 기억한다고."

사건 발생 현장은 도쿄도 신주쿠구.

"그것도 기억한다니까. 옛날에는 반슈초라는 것도 알아."

범인은 aXe.

"당연한 소리 하고 자빠졌네."

5월 8일 오전 2시 무렵, aXe는 나고야에 있었어.

"어? 아?! 앗!"
"반응이 너무 늦습니다. 고작 닷새 전인데."
"그럼 이번 사건의 주제는 알리바이 무너뜨리기냐? 나고야에 있던 사람이 어떻게 도쿄에서 살인을 했는가."

3of9 (5월 8일)

"364일의 봉인이 해제된 만간지満願寺 절의 종소리. 한 번, 두 번, 세 번, 밤의 정적을 찢고 얼어붙은 대지를 진동시켰다. 종소리는 밤기운을 타고 608호실 유리창을 흔들다가 실내로 숨어들었다. 벽에 쳐놓은 금속 현이 공명하다 바로 옆에 늘어뜨려둔 젖은 닥종이에 닿았다. 닥종이가 반으로 찢어지자 1킬로그램짜리 중탄산 소다를 감싼 거즈가 닥종이 한쪽 끝에 매달려 있다가 중력에 이끌려 낙하하여 세면기에 가득 찬 화장실용 합성세제와 화학 반응을 일으켰다. 나머지 일곱 가지 단계는 생략하고, 최종적으로는 날 길이 20센티미터짜리 군용 나이프가 목표물의 경동맥에 푹 꽂히는 겁니다."

손도끼를 마구 휘두르며 aXe가 열변을 토했다.

"루브 골드버그 장치죠. 어떤 물체를 움직일 때, 직접 손을 대지 않고 연쇄적인 기계장치를 이용해 결과를 만들어냅니다. 도미노의 발전형이에요. 피타고라 장치°라고 부르는 경우도 있습니다. 미스터리 소설에서 예를 찾자면 요코미조 세이시의 대표작인 그 작품의 메인 트릭이 루브 골드버그 장치라고 할 수 있어요. 그리고 외람되지만 저는 거장 요코미조 세이시에 맞서 루브 골드버그 장치로 살인을 시도할 작정이었습니다. 아니죠, 실제로 시도했어요. 그런데 아아, 맙소사!

열두 가지 과정 중에 제일 중요한 것은 공명을 이용한 첫 번째 과정이었습니다. 거장의 루브 골드버그 장치에서도 악기의 현이 큰 역할을 담당했죠. 그에 도전한다는 의미가 있었습니다. 같은 악기의 현을 사용하더라도 나라면 이렇게 사용하겠다는 자기주장이었죠.

준비하는 데 꼬박 1년이 걸렸습니다. 만간지의 종은 1년의 마지막 날에만 울리니까요. 재작년 마지막 날에 녹음한 제야의 종소리를 되풀이해 들으며 고유 진동수가 일치해 공명이 최대로 커지도록 기타 현을 조율했습니다. 그리고 마침내 찾아온 작년 마지막 날, 목표물이 집을 비운 사이에 608호실에 침입해 갖가지 장치를 설치하고 만간지의 종이 울리기만을 기다렸죠. 그런데, 아아, 맙

° 일본 NHK에서 방영 중인 아동 프로그램 〈피타고라 스위치〉에서 이렇게 부른다.

소사.

기타 현이 종소리에 공명하지 않았습니다. 한 번, 두 번, 세 번, 네 번, 합쳐서 백여덟 번의 기회가 있었는데 꿈쩍도 하지 않았어요. 현이 떨리지 않으면 닥종이는 찢어지지 않고, 닥종이가 찢어지지 않으면 중탄산소다는 세면기에 떨어지지 않습니다. 결국 나이프가 1밀리미터도 움직이지 않아서 목표물은 무사히 새해를 맞이했습니다. 장치는 겨우 남김없이 회수해서 별일은 없었지만 1년의 노력이 물거품으로 돌아갔죠.

하지만 그만큼 테스트를 했는데 어째서 공명하지 않았을까요. 녹음기가 어딘가 잘못되어 테스트 때 사용한 종소리와 실제 종소리의 주파수가 달랐던 걸까요? 온도와 습도의 차이가 주파수에도 영향을 준 걸까요? 아니면 작년에 범종을 새 걸로 바꾼 걸까요?"

aXe가 한탄하며 하키마스크를 양손으로 감싸자 화면에 텍스트 창이 열리더니 짤막한 글자가 표시되었다.

돌아갈래.

"죄송합니다. 시간을 때우려고 그랬는데 감정이입이 심했네요." aXe는 손도끼를 받쳐 들고 고개를 깊이 숙였다.

집합 시간이 5분 지났어. 정확하게는 5분 28초.

"아아, 벌써 1시가 넘었습니까. 그럼 우리 셋이서 시작하죠."

"다 모이지도 않았는데 출제하려고?"

늑대거북이 비치는 화면의 레벨 미터가 움직였다. 이야기를 흘려들으며 텔레비전을 보느라 천적의 장광설에 불평을 하지 않았는지도 모른다.

"아니요, 출제는 훗날에 하겠습니다. 오늘은 그 전 단계, 약간의 여흥이죠. 그래서 시간이 허락되는 분만 와달라고 한 겁니다."

"그래, 이 어르신은 직장도 없고 학교도 안 간다. 진짜 친구랑 여친도 없어."

두광인과 반도젠 교수는 로그인하지 않았다.

"그럼 본제로 들어가겠습니다. 그러니까 콜롬보 씨, 돌아가지 마세요."

aXe는 이리 오라고 손짓하듯이 손도끼를 움직였다.

"실패는 검증해야 합니다. 방치해두면 인간으로서 성장하지 못해요. 하지만 공명하지 않은 원인을 규명했다 쳐도 올해 마지막 날에나 다시 실행할 수 있습니다. 또 1년 내내 기다려야 하다니, 너무 힘듭니다."

"아직도 푸념이냐. 진짜로 돌아갈 거야."

"예, 예. 사양 마시고."

"이 자식이, 콜롬보 짱한테는 돌아가지 말라고 했잖아."

"갤러리는 한 명이면 충분하니까요."

"뒈져라."

"1년이나 의욕을 유지하기는 힘드니까 이 루브 골드버그 장치는 깨끗이 포기하고 전혀 다른 문제에 몰두하기로 했습니다. 자,

여기서 문제입니다. 저는 지금 어디 있을까요?"

"알 게 뭐냐."

"힌트 없이는 역시 어렵겠죠."

차 안.

"이야, 역시 콜롬보 씨."

머리 받침대가 달린 의자. 왼쪽 가장자리에 안전벨트 같은 게 늘어져 있어.

"하지만 장소가 어딘지는 모르겠죠? 창밖은 화면에 안 비칠 테니까요. 그렇다면 힌트를 하나 드리겠습니다."

aXe의 오른손이 화면 밖으로 사라졌다가 다시 나타났다. 손에 손도끼 대신 홀처럼 넓고 평평한 막대기 모양 물체를 쥐고 있었다. 하지만 홀처럼 딱딱하지 않은지 좌우로 흔들자 고무처럼 탄력 있게 떨렸다. aXe는 마스크의 턱 부분을 왼손으로 조금 들어올리고 그 물체를 가면 아래로 집어넣었다. 잠시 후에 끄집어내자 약간 떨어져나간 물체의 끝부분에 잇자국이 나 있었다.

"야마구치山口냐?"

"우이로°를 보고 야마구치라는 답이 바로 나오다니, 댁도 제법

° 쌀가루에 흑설탕 등을 넣어 찐 과자. 나고야와 야마구치의 명물.

정통하군요. 어쩌면 그 지방 사람인지도 모르고."

"시끄러."

"어쨌거나 저는 지금 나고야에 있습니다. 방문 기념으로 우이로를 샀는데, 생각해보니 요즘은 도쿄나 삿포로에서도 우이로를 살 수 있죠. 작년에 방콕에 갔을 때 랏차담리 거리의 백화점에 들렀는데 거기에도 있더라고요. 기분이 참 묘했습니다. 그렇다면 기념품으로 뭐가 좋을까 싶어 곰곰이 따져보니 기시멘°에 닭 날개 요리, 새우 전병에 도라야키°° 따위가 떠올랐습니다. 하지만 그런 건 일본 어디서든 통신판매로 주문해 손에 넣을 수 있어요. 참으로 편리한 세상입니다. 지역성 같은 건 엿이나 먹어라, 이겁니다.

하지만 정보와 유통이 발전에 발전을 거듭한 오늘날 21세기에도 그 지역에서만 손에 넣을 수 있는 것은 존재합니다. 지금부터 그 일례를 입수해보도록 하겠습니다."

그 직후 [aXe] 창의 영상이 불규칙하게 흔들리더니 그의 모습이 사라졌다.

"지금까지는 웹캠을 대시보드에 고정해서 운전석의 저를 비췄습니다만."

목소리는 변함없이 들렸다.

"이 카메라를 윗도리 어깨 부분에 넣겠습니다. 렌즈가 위치할 부분에는 구멍을 내두었어요."

° 얇고 넓적한 면으로 만든 우동.
°° 밀가루 반죽에 팥을 넣고 철판에 구운 일본 전통 과자.

영상이 컴컴해졌다. 다시 밝아지자 화면에 운전대 윗부분과 대시보드 앞유리창이 비쳤다. 시간이 시간인지라 밖이 어두워서인지 유리창에 제이슨 마스크를 쓴 사람의 모습이 희미하게 비쳤다.

"그럼 출발."

엔진 소리와 함께 차가 천천히 움직이기 시작했다.

"어디 가냐?"

"보면 압니다."

"도착하면 불러라. 유튜브 보고 있을게."

"결정적 순간을 놓쳐도 상관없다면 마음대로 하세요."

"어디 쾅 부딪쳐서 뒈져버려라. 그건 그렇고, 야! 마스크 쓰고 운전해도 되냐? 그러다 진짜로 사고 난다."

충고를 무시하고 차는 교차로에서 좌회전했다. 중앙분리대가 있는 제법 넓은 도로라서 그런지 심야인데도 교통량이 많았다.

"아차차, 이걸 사용해야지."

운전대 옆으로 휴대전화가 슬쩍 비쳤다.

"운전하면서 휴대전화를 쓰다니 도로교통법 위반이야."

"압니다."

"메일이랑 DMB 시청도 금지야."

"안다니까요. 잡히려고 그러는 거니까 신경 끄세요."

"뭣이라?"

"왼쪽을 주목하십시오. 조금 안쪽으로 들어간 곳에 빌딩이 보일 겁니다. 이 고층 빌딩 다음일 텐데요."

5층 정도 되어 보이는 희끄무레하고 작은 빌딩이 나타나는가 싶더니 바로 화면 밖으로 사라졌다.

"옥상의 간판에 뭐라고 쓰여 있는지 봤습니까?"

"캄캄한 데다 한순간에 쌩 지나갔는데 어떻게 봐."

"제법 큰 글씨인데요. 아, 지금 신호등에 달려 있던 표지판은 봤어요?"

차가 좌회전했다.

"보기는 뭘 봐!"

"아까 전에 주목하라고 했던 건물은 왼편에 있습니다. 아까보다 도로에 가까워요."

"카메라가 정면을 향하고 있어서 안 보인다니까."

"아, 무시당했나."

"엥?"

"다시 시도하겠습니다."

"무시는 네 녀석이 하고 있잖아."

차는 좌회전을 몇 번 되풀이하다 다시 큰 도로로 나왔다.

"건물의 간판과 신호등 표지판을 유심히 살펴보십시오."

aXe가 렌즈 방향을 조정한 듯 화면의 각도가 약간 왼쪽으로 기울었다.

"센, 타네……. 안 돼, 안 돼, 뭐라고 쓰여 있는지 모르겠어. 더 옆으로 돌려. 아니면 잠깐 멈추든지."

언성이 거칠어진 잔갸 군을 무시하듯 말없이 글자가 주르르 나타났다.

"정답. 역시 콜롬보 씨입니다. 동체 시력도 끝내주는군요."

"경찰서?"

잔갸 군의 목소리가 뒤집어졌다.

"신호등을 놓치기 전에 보세요."

렌즈가 정면 위쪽을 향했다.

"'지쿠사 경찰서 남쪽'이라니. 야, 이 새끼야."

"정답."

"정답이 문제가 아니잖아."

"이쪽 좁은 길이 정면입니다. 보세요, 경봉을 찬 경찰관이 서 있어요. 어두워서 안 보입니까?"

자동차는 속도를 줄이고 좌회전했다.

"야, 인마. 도대체 무슨 생각이냐."

"아, 또 무시당했네. 안 보이나?"

"너나 무시하지 마. 경찰은 우리가 무조건 피해야 할 존재라고. 간이 얼마나 큰지 자랑이라도 하고 싶은 거냐?"

"아닙니다. 좋아, 다시 한 번. 이번에는 이걸 켜야지."

실내등이 켜졌다.

그리고 세 번째. 앞서 두 번 지나칠 때보다 속도를 더 떨어뜨려 큰 도로에서 좌회전하자 왼편에서 사람이 나타나서 차를 향해 불이 켜진 손전등을 원형으로 흔들었다.

차는 속도를 늦추다 정지했다.

밖에서 조수석 창문을 두드렸다.

조수석 창문이 반 정도 열렸다.

"휴대전화로 통화하면서 운전하셨죠?"

제복을 입은 경찰관이 손전등으로 안쪽을 비추었다.

"전화가 와서 엉겁결에 그만."

aXe는 순순히 인정했다.

"그 마스크는 뭡니까?"

"아, 이벤트를 하다가 쓴 채로 물건을 사러 나왔네요."

"벗으세요. 얼굴을 확인하겠습니다."

"예."

"한잔하셨습니까?"

"예."

"얼마나요?"

"차 안에서는 이만큼요. 그리고 아까 밥 먹고 나서 커피를 한 잔."

aXe는 반쯤 빈 우롱차 페트병을 내밀었다.

"장난칩니까?"

"아니요."

"경찰이 운전하는 사람한테 한잔했냐고 물으면 당연히 술 마셨느냐는 의미죠. 어린아이라도 알아들을 겁니다."

"죄송합니다. 술은 한 방울도 못 마셔서 그런 줄은 미처 몰랐네요."

"면허증. 차량 검사증도요."

"잠깐만요. 어디 있더라. 아, 여기요."

"조수석에 있는 저건 뭡니까?"

"플라스틱 장난감입니다. 보세요."

aXe는 왼팔을 앞으로 내밀더니 팔 윗부분을 손도끼로 두드렸다.

"왜 그런 걸 차에 놔둡니까? 어린애도 아니고."

"어린애는 운전면허증 못 따거든요."

"나와요. 마스크랑 도끼 놔두고. 차에서 나오라고요, 빨리."

aXe는 차에서 내렸다.

경찰관이 면허증과 차량 검사증을 조회했다.

다른 경찰관이 나타나 aXe의 혈중 알코올 농도를 측정했다.

그리고 다른 경찰관 두 명이 더 나타나 차 안을 검사했다.

5of9 (5월 8일)

"이런, 이런. 예상했던 것보다 훨씬 집요하더군요. 마스크를 쓰고 있어서 인상이 안 좋았던 걸까요. 진땀 뺐습니다."

제이슨 마스크가 큼지막하게 비쳤다.

"당연하지. 경찰한테 말장난이 통하겠냐? 야, 이 등신아. 장난에도 정도가 있는 거라고!"

잔갸 군이 고함을 질렀다.

"우아, 장롱면허 소지로 체포할 것 같은 기세더라고요. 다행히 운전 중 휴대전화 사용으로 벌금 6천 엔만 먹었습니다."

벌금(×), 범칙금(○)

텍스트로 냉정한 지적이 들어왔다.

"그랬죠. 파란 딱지°예요. 형사처분을 받지 않는 가벼운 규칙 위반에 불과합니다."

aXe는 얼굴 옆에다 대고 파란색 종이를 팔랑팔랑 흔들었다.

"너, 자각이 없어. 없어도 너무 없어. 도대체 사람을 몇 명이나 죽였냐? 그런데 제 발로 짭새 앞에 나선다고? 야, 이 멍청아. 파출소에다 길도 물어보지 마."

"게임과 관련된 물증은 가지고 돌아다니지 않습니다. 자전거를 타고 순찰하는 경찰 아저씨가 나타났다고 골목길로 숨으면 오히려 더 의심받겠죠."

"네 녀석이 은팔찌를 차든 말든 내 알 바 아니야. 하지만 네 녀석이 붙잡히면 고구마 넝쿨같이 우리도 줄줄이 딸려갈 것 아니냐. 정신 좀 차려라."

"변함없이 간이 콩알만 하군요."

"이 새끼가."

° 가벼운 교통위반일 경우, 일본에서는 파란색 교통법칙 고지서가 발부된다.

그 지역에서만 손에 넣을 수 있다는 건, 교통범칙 고지서?

"정확합니다. 아이치 현경 지쿠사 경찰서가 발행하는 범칙 고지서는 지쿠사 경찰서 관할 지역에 직접 가서 교통위반을 해야 입수할 수 있죠. 기차역 스탬프나 풍경 도장보다 훨씬 희소성이 높은 기념품이에요. 이참에 전국 각지의 범칙 고지서나 수집해볼까요?"

"여섯 장 받아서 면허 정지나 처먹어라."

잔갸 군이 욕을 퍼부었다.

6of9 (5월 13일)

"나고야에서 구한 기념품은 '지쿠사 야스스케千草泰輔'라는 이름으로 픽톨에 올렸습니다. 여기에 모인 여러분이라면 당연히 도쿄 지검의 지쿠사 검사[•]를 아실 겁니다. 왜 그의 이름을 빌려왔는가 하니, 지쿠사 경찰서와 비슷하기 때문입니다. 이 정도는 미스터리 마니아가 아니더라도 아실 테죠."

"시끄러. 닥쳐. 그것보다 그 이름으로 올라온 사진은 한 장도 없다고."

aXe가 도발하자 잔갸 군이 물고 늘어졌다.

[•] 추리소설가 쓰치야 다카오가 창조한 탐정 캐릭터.

"제가 추리하건대, 한자를 틀렸을 겁니다. 경찰서는 일천 천千 자에 씨 종種자고, 검사 이름은 일천 천자에 풀 초艸자를 써요."

"시끄러! 한자를 잘못 변환했을 뿐이야. 너처럼 다른 사람 흠 잡는 녀석들 때문에 일본에 망조가 든 거라고. 여기 있네. 두 장이 지?"

교통범칙 고지서를 촬영한 사진이었다. 자잘한 글씨를 읽기 쉽 도록 위아래를 반씩 나누어 찍어놓았다.

위반 일시란에는 "헤이세이 20년● 5월 8일 오전 1시 32분경"이 라고 적혀 있었다. 위반 장소는 "아이치현 나고야시 지쿠사구 가 쿠오잔길 8-6 부근 도로". 위반 종류는 "휴대전화 사용 등(손에 들 고 통화)".

"이데이 겐이치는 5월 8일 오전 2시 무렵에 살해당했습니다. 장소는 도쿄 신주쿠였고요. 그때 저는 저 멀리 서쪽으로 350킬로 미터나 떨어진 나고야에 있었어요. 그래서 시체를 직접 찍은 사진 이 없는 겁니다. 살해 현장에 없었으니 인터넷을 경유해 방범 카 메라 영상을 캡처하는 수밖에 없었죠. 어떻습니까, 이 철벽의 알 리바이."

큭큭, 하는 웃음소리가 새어나왔다.

"뭐냐, 이 짜가 느낌으로 충만한 사진은. 이렇게 꺼멓게 칠해놓 으면 누가 딱지를 떼였는지 모르잖아."

교통범칙 고지서의 인적사항 칸은 성명, 성별, 생년월일, 본적,

● 서기 2008년.

주소, 전화번호, 면허증 번호를 전혀 알아볼 수 없도록 검게 칠해져 있었다.

"개인 정보는 각별히 주의해서 취급해야 하는 시대니까요."

"어디의 누구한테 딱지를 뗐는지 불명확하잖아. 그런데 알리바이의 근거는 무슨."

"어디의 누구한테 교부되었는지는 명확하지 않더라도 상관없다고 생각하네."

잠시 기다리라는 듯이 반도젠 교수가 카메라 앞에 한 손을 내밀었다.

"그도 그럴 것이, 애당초 우리는 액스 님의 본명과 진짜 주소를 모르니 이 범칙 고지서의 개인 정보가 보이더라도 그게 액스 님 본인인지 알 방도가 없으이."

"그러면 증거로서의 신빙성이 더 떨어지잖아."

"그렇지는 않아. 중요한 건 액스 님이 5월 8일 오전 1시 32분에 나고야에 있었음을 제삼자가 증명했다는 사실일세. 그 제삼자란 잔갸 군님이자 콜롬보 님이고, 이 고지서를 발행한 경찰관이지. 안타깝게도 이 몸은 참석하지 못했으나 귀공들은 액스 님이 딱지 떼이는 장면을 실시간으로 보았을 테지? 그리고 그 딱지가 실제로 여기에 있네. 움직일 수 없는 증거 아닌가."

"어이, 아저씨. 사람이 너무 좋은 거 아니야? 나고야에서 제이슨 마스크를 쓰고 딱지를 뗴인 녀석이 늘 우리랑 함께 놀면서 깐죽대는 제이슨 마스크와 동일인물인지 어떻게 알아? 마스크로 얼굴을 가리고 있었다고. 개인 정보를 알면 그거랑 대조해서 동일인물인지 아닌지 판단할 수 있겠지만 우린 모르잖아."

"다른 사람이 그 마스크를 썼다고?"

"그래. 대리인을 나고야에 보내고 자기는 도쿄에서 살인을 저지른 거지. 채팅 중에 들리는 목소리는 이펙트 효과로 얼마든지 바꿀 수 있어."

"교통위반까지 시켰다는 말인가? 범칙금이야 내면 그만이지만, 벌점 먹은 면허증은 되돌릴 방도가 없지 않은가."

"면허정지나 면허취소라면 모를까, 고작해야 1점이잖아. 10만 엔만 쥐여주면 하겠다는 녀석이 나설 거야. 인터넷으로 남편을 청부살인하는 시대라고. 액수에 따라서는 자기는 나고야에서 교통위반을 하고, 대리인은 도쿄에서 살인을 저지르게 하는 것도 가능해. 그렇지? 정답이지?"

"유감스럽게도."

aXe는 대번에 부정했다.

"성립될 가능성은 충분하잖아. 그럼 정답이지."

"2인 1역을 이용한 알리바이 공작은 제일 처음 제시될 만한 의혹이에요. 그런 트릭을 사용할 리 없죠."

"안 돼. 감정은 손바닥 뒤집듯이 홱 바뀔 수 있으니까. 기분에 좌우되지 않는 증거, 즉 구체적인 물건이나 수치, 논리로 2인 1역이 아님을 증명하라고."

"참 애먹이는군요."

"누가 할 소리를. 제일 먼저 의심받을 게 뻔해서 2인 1역을 사용하지 않았다면 그 증거를 준비해뒀어야지."

"그렇단 말씀이죠. 그럼 당장 경찰에 출두할까요?"

"앙?"

"제가 이데이 겐이치를 죽였다고 자수하는 겁니다. 그럼 경찰은 지문과 DNA라는 물적 증거를 통해 틀림없이 제가 이데이 겐이치를 살해했다고 확신할 겁니다. 한편 이데이를 살해한 당일 밤에 나고야에서 교통위반을 했다는 사실도 입증될 거고요. 일단 직무질문을 한 지쿠사 서 경찰관이 제 얼굴을 기억할 테고, 무엇보다도 경찰관이 적어간 면허증의 기재사항이야말로 거기 있던 사람이 바로 저라는 증거죠. 경찰은 당혹스러울 겁니다. 도쿄에서 사람을 죽인 시각에 나고야에도 있었다?! 야 인마, 도대체 이게 어떻게 된 거냐. 대답해 이 자식. 하지만 아무리 을러도 저는 공술을 일체 거부하겠죠. 제 알리바이를 먼저 무너뜨리는 쪽은 경찰일까요, 아니면 댁들 명탐정일까요? 자, 바로 지금 세기의 대결이 시작됩니다."

"깝치지 마."

자자, 하고 두광인이 끼어들었다.

"2인 1역이 아니라는 증거는 없지만, 2인 1역이라는 증거도 없으니까 이 건은 보류하는 게 어때? 정 2인 1역이 의심스러우면 우리가 그 증거를 찾기로 하자고."

"이 망할 놈이 2인 1역을 인정한다면 얼마든지 증거를 찾아주지."

잔갸 군은 물러서지 않았다.

"2인 1역을 인정해봤자 사실은 그렇지 않으니 증거는 영원히 안 나올 겁니다."

aXe도 양보하지 않았다.

"문제를 허술하게 만든 놈이 잘못이지. 벌칙으로 마스크를 병신처럼 바꿔. 콧물 같은 거라도 칠하란 말이야."

"무슨 어린애 같은 소리를."

"어린애다, 어쩔래?"

"알겠습니다. 어른인 제가 참죠. 그럼 이번 문제는 없었던 걸로 합시다."

"잉?"

"제 알리바이는 무너뜨리지 않아도 됩니다."

"잠깐 기다리게. 자포자기하면 아니 돼."

양손을 카메라를 향해 밀듯이 내밀며 반도젠 교수가 달랬다.

"자포자기 아닙니다."

"루브 골드버그 장치를 이용한 트릭은 허사로 돌아가지 않았는가. 이것마저 사장되면 귀공의 손해가 너무 커."

"사장되다니요. 알리바이 무너뜨리기 부분을 잘라낼 뿐입니다."

"응?"

"사실 이번 문제는 2연타입니다. 일단 알리바이 무너뜨리기를 출제하고, 알아맞히면 다른 수수께끼를 하나 더 제시할 작정이었어요. 완전 새롭지 않습니까? 알리바이 무너뜨리기가 마땅치 않다면 제2부만 풀어보십시오."

"무어라! 도대체 그 수수께끼란 무엇인가?"

"시체 발견 당시 현장은 밀실이었습니다."

"오오, 왕도로구먼."

"현관문에는 자물쇠와 도어가드가 걸려 있었습니다. 그게 찍힌 사진도 있었을 텐데요?"

pic06이다. 전체가 새카매서 얼핏 보면 무슨 사진인지 불분명하다. 하지만 자세히 들여다보면 문 본체뿐 아니라 손잡이와 자물쇠 뭉치 그리고 도어가드와 도어스코프의 덮개까지 검게 칠해진 문임을 알 수 있다. 문은 밖으로 열리는 형식으로, 안쪽에서 보아 오른쪽에 손잡이가 달렸다. 자물쇠는 손잡이 아래의 타원형 돌기를 돌려서 여닫는 구식 실린더 자물쇠다. 도어가드란 소리굽쇠처럼 생긴 U 모양 걸쇠로 도어체인 대신 사용되는 물건이다. 문에 달린 걸쇠를 회전시켜 문틀의 받이쇠에 채운다.

"원래는 보통 도어체인이었는데 도둑이 체인을 끊고 침입한 사건이 있었다나 봐요. 리폼할 때 방범성이 높은 도어가드로 교체했습니다. 다른 곳의 문단속 상태를 살펴볼까요. 방의 남쪽 절반을 차지한 유리창은 크레센트 자물쇠로 잠겨 있었습니다. 오래된 건물이라 부엌과 욕실, 화장실에도 창문이 있는데요. 바깥 복도 쪽으로 난 창문 모두 자물쇠로 잠긴 데다 철 격자가 끼워져 있었습니다. 그 외에 외부와 통하는 틈은 없어요. 어떻습니까, 이 완벽한 밀실."

"완벽하기는 개뿔. 현관문에 자물쇠랑 도어가드가 안 걸려 있잖아. 자물쇠 돌기가 세로이니 열려 있다는 뜻일 텐데."

잔갸 군이 바로 트집을 잡았다.

"06은 살해하기 전에 찍은 사진이라 그래요. 시체를 발견했을 때는 잠겨 있었습니다."

"이딴 문은 밖에서도 재깍 잠글 수 있어. 식은 죽 먹기라고."

"그럼 해보시든가요."

"이 집 주인의 열쇠를 슬쩍해서 밖에서 잠근다. 그럼 끝."

"누가 자물쇠 말했습니까? 도어가드 말입니다. 밖에서 도어가드를 어떻게 채울 겁니까?"

결국 잔갸 군은 입을 다물었다.

"자물쇠는 실제로 그런 방법으로 잠갔는가?"

반도젠 교수가 손목을 비틀어 자물쇠 잠그는 시늉을 했다.

"그건 말씀드릴 수 없습니다. 탈출 경로가 한정되면 그야말로 트릭 해명의 열쇠가 될 테니까요."

"그도 그러하군."

반도젠 교수는 더부룩한 아프로 머리를 마구 긁적였다.

"생각할 시간 좀 주지그래."

두광인이 말했다.

"물론이죠. 독자적으로 조사하고 싶은 분도 계실 테니까요. 너무 꾸물대면 경찰이 앞지를지도 모르니 사흘 후에 다시 모이도록 할까요?"

7of9 (5월 16일)

가짜 수염이 아니라 푸르스름한 가짜 면도 자국을 문지르며 반도젠 교수가 입을 열었다.

"액스 님께 이데이 겐이치 살인사건 이야기를 들었을 때, 이 몸의 기억은 전혀 반응하지 않았다네. 신문, 텔레비전, 인터넷 뉴스는 매일 한 차례 슥 훑어보는데 말일세. 과연 그런 살인사건이 최근에 도쿄에서 일어났는가?

다시금 조사해보니 거의 보도되지 않았더구먼. 피해자의 나이, 외모, 사회적 지위가 사람들의 관심사 밖이라서 푸대접을 받나 싶었지. 확실히 그런 이유에 어느 정도 영향을 받기는 한 모양이네만, 제일 큰 원인은 예의 그거더군. 사건이 발생한 8일은 전국이 일본, 일본, 일본 하고 대합창을 하며 열에 들떠 있었어. 전날까지 그만큼 신경질적으로 떠들던 연금문제, 긴급 경제 대책, 병원 내 감염은 모조리 지면 구석으로 밀려났지. 그 지경이니 서른일곱 살 먹은 미혼 프리라이터의 괴사는 공원에서 죽은 길고양이만큼이나 취재할 가치가 없었던 셈이야. 독이 든 먹이를 먹고 죽은 길고양이는 사회문제로 취급되는 만큼 차라리 나을지도 모르겠군. 이 몸은 어렸을 때 사람의 생명은 지구보다 무겁다고 배웠네만, 이 나이를 먹고서야 그 말이 단지 문학적 표현에 지나지 않는다는 걸 알았다네. 시정 잡것들의 생명은 정치가가 아침으로 먹다 남긴 빵 쪼가리보다 가벼우이."

"한마디로 사흘 동안 아무것도 못 건졌다?"

잔갸 군이 하품을 씹어 삼키듯이 말했다. 화면에 비치는 늑대거북도 졸린 듯이 두 눈을 반쯤 감고 있었다.

"인터넷으로 검색하고 도서관에도 갔어. 하지만 피해자의 이름과 주소 정도밖에 기사화되지 않았단 말일세. 전국에서 세 손가락에 꼽는 신문은 물론 방송사 보도도 마찬가지야. 저널리즘은 땅에 떨어지고 말았네."

"교수는 꼭 내용이 빈약할수록 말이 많아지더라."

"아니, 그것은……."

반도젠 교수는 고개를 푹 숙였다.

"거기 펼쳐놓은 공책은 뭐냐. 수확이 너무 많아서 다 못 외운 바람에 그걸 보면서 지껄이는 줄 알았네. 그냥 장식이었구나. 그러고 보면 칠판 글씨를 빠짐없이 베껴 쓰면서도 성적은 개판인 녀석이 반에 꼭 한 녀석씩 있었지."

"면목 없네."

"기존의 저널리즘이 못 미더우면 스스로 저널리스트가 되면 될 것 아니냐. 어째서 그 노트를 들고 현장 부근에 가서 정보를 수집하지 않았을까?"

"그것은 그, 이 몸에게도 일상생활이 있어서……."

"아하, 그러셔."

"백수는 마음이 편해서 좋겠구먼. 이 몸은 용돈도 마음 놓고……."

반도젠 교수는 얼굴을 한 번 들었다가 확 쪼그라드는 듯이 흰옷 등 부분을 움츠렸다.

"이데이 겐이치의 시체는 8일 오전 9시경에 발견됐어. 첫 번째 발견자는 신주쿠 소방서 대원이지만, 맨션의 다른 사람들도 그전에 402호실에 무슨 일인가 일어난 줄은 알았대."

다른 목소리가 났다.

"다스베이더 경, 잠깐. 이 어르신이 먼저야."

잔갸 군이 불평을 해도 두광인은 무시하고 이야기를 진행했다.

"오전 1시 반쯤에 반슈초 하우스의 일곱 세대가 이상한 소리를 들었어. 옛 반슈초는 걸어서 갈 수 있을 만큼 가부키歌舞伎초와 신주쿠역에 가깝고 간선도로인 야스쿠니길도 뻗어 있지만, 상업시설과 사업소 사이에는 집합주택도 제법 많아. 개중에는 독채도 있고. 길 안쪽으로 들어가면 시끌벅적한 도시의 소음은 사라지지. 그래서 맨션 안에서 나는 소리도 그런대로 잘 들렸대.

이상한 소리를 들은 세대 가운데 여섯 세대는 특별한 반응을 보이지 않았어. 일단 소리가 나긴 했지만 바로 조용해졌거든. 바로 아래에 사는 한 명만 몹시 신경을 썼지. 302호실에는 미나모토 유타皆本悠太라는 미대생이 사는데, 그날 밤은 과제로 제출할 판화에 열중하고 있었대. 소리가 났을 때 진동도 상당히 심해서 파낸 목판 부스러기가 바닥에 흩어졌다더라. 그 후로는 감감무소식이라서 미나모토도 다시 판화 작업을 시작했지. 하지만 도대체 무슨 소리였는지 신경이 쓰이더라 이거야.

부부 싸움을 하다 물건에 맞은 걸까, 잠버릇이 나빠서 침대에서 떨어진 걸까, 가스가 폭발한 걸까, 갈지자걸음으로 집에 돌아와서 자빠진 걸까. 하지만 무슨 이유이든 굉음 한 번으로 그치다니 찜찜했지. 정리하는 소리, 일어나서 걷는 소리 따위가 전혀 안 들렸어. 넘어졌을 때 머리를 찧어 정신을 잃은 걸까. 그렇다면 그냥 내버려뒀다가 돌이킬 수 없는 일이 벌어지지 않을까.

꼬리에 꼬리를 무는 상상 때문에 작업에 집중이 안 됐어. 손이 제멋대로 놀다가 남겨두어야 할 곳을 파냈지. 이대로는 자기도 돌이킬 수 없겠다 싶어서 결국 미나모토는 조각칼을 내려놓고 상황을 살피러 402호실에 가기로 했어. 2시가 지났을 때였지. 하지만 초인종을 눌러도 대답은 없었어. 역시 어딘가 잘못 부딪쳐서 혼수상태에 빠진 걸까. 아니면 주인은 집을 비웠고 빈집털이가 멍청하게도 가구를 쓰러뜨린 걸까. 어느 쪽이든 안 좋은 상황이야. 하지만 현관문이 잠겨 있어서 안쪽 상황을 확인할 길이 없었어. 시간이 시간인 만큼 이웃사람을 깨워서 상의하기도 뭐했어. 경찰을 불렀는데 열어보니 주정뱅이가 쿨쿨 자고 있을 뿐이면 좋은 소리는 못 들을 게 뻔했고.

그래서 미나모토는 일단 자기 집으로 돌아갔어. 하지만 이제 판화에 집중하기는 글렀지. 잠자리에 누워도 묘하게 가슴이 두근거려서 잠이 안 왔어. 미나모토는 뜬눈으로 밤을 새우고 다시 상황을 살피러 402호실에 갔어. 이게 오전 7시. 이번에도 대답은 없었고 문도 열리지 않았어. 401호실에서 세탁기 소리가 들리기에 옆집이 좀 이상하지 않느냐고 물어봤지. 이 이웃사람도 오전 1시 반쯤에 보통 소리와는 다른 큰 소리를 들었어. 하지만 대수롭지 않게 여기고 그냥 잠들었고, 미나모토가 무슨 안 좋은 일이 생긴 거 아니겠느냐고 말해도 전혀 관심을 보이지 않았어.

결국 미나모토는 집주인을 찾아갔어. 반슈초 하우스의 주인은 같은 동네의 다른 맨션에 살고 있어. 402호실 사람한테 무슨 일이 생긴 것 같다고 설명하자 집주인이 문을 열어주기로 했지. 이게 7

시 반. 하지만 안에 들어갈 수 없었어. 도어가드가 걸려 있었거든. 틈새로 불러도 역시 대답은 없었지. 하지만 실내에서만 조작할 수 있는 도어가드가 걸려 있었으니 안에 사람이 있는 건 분명했어. 그런데 불러도 대답이 없다 이거야. 틀림없이 402호실 사람한테 변고가 생긴 거지.

119에 신고를 했어. 도착한 소방서 대원은 우선 옆집 베란다를 타고 402호실로 넘어갔지. 하지만 402호실 창문은 잠겨 있었어. 바깥 복도 쪽으로 난 욕실과 화장실, 그리고 부엌 창문도 잠겨 있었고, 철 격자는 빠지지 않았어. 그래서 도어가드를 부쉈지. 이게 9시경. 책장이 옆으로 쓰러진 방에는 위아래로 스웨트 의류를 입은 남자가 엎드려 있었어. 말을 걸어도 대답은 없었지. 이 시점에서 이미 심정지 상태였어. 근처 대학병원으로 옮겼지만 이미 세상을 떠났지.

바로 이러한 이유로 사건이 발생했을 때 수상하다고 느낀 제삼자가 있었지만 몇 시간 후에야 시체가 발견된 거야. 하지만 이것도 제법 빠른 편이지. 보통 이웃집의 상태가 이상하다고 해서 일부러 살피러 가는 사람은 없다고. 방에 불이 났다든가 이상한 냄새 때문에 숨이 막힐 것 같으면 몰라도, 수상한 소리가 한 번 났다고 해서 발길을 옮기지는 않아. 게다가 한밤중이었잖아. 화나서 고함치는 소리나 비명이 계속해서 들려도 나라면 싹 무시할 거야. 약물 중독자가 식칼이라도 휘두르고 있으면 어떡해. 까딱 잘못 얽혀서 내가 위험해지는 건 딱 질색이라고. 불을 끄고 방 안에 가만히 있는 게 최고지. 요즘 세상 돌아가는 방식이 그래. 맞은편 세

집과 좌우 집까지 이웃사촌이라는 말은 태평하던 옛 시절의 환상에 불과하다고. 가치관이 다양화된 현대사회에서 이쪽 상식이 저쪽 상식과 일치한다는 보장은 없어. 이웃이랍시고 얽혔다가 문제의 씨앗을 껴안을지도 모르잖아. 예를 들어 위에서 이상한 소리가 나기에 무슨 일인가 싶어 보러 갔더니 가구 위치를 옮기는 중이래. 밤에 시끄럽게 하지 말라고 했더니 직업상 낮과 밤이 뒤바뀌어서 어쩔 수 없다, 밤에 일한다고 무시하느냐고 도리어 화를 내더니만, 그 후로 이것 보라는 듯이 밤중에 세탁기를 돌리거나 에어로빅을 해. 이런 일이 일어날 수도 있거든. 현대사회에서는 긁어 부스럼 만들지 말라는 말이 진리로 통하지. 도시니 시골이니 따질 것도 없어. 그래서 아이들이 학대를 당하다 죽어도 미연에 방지할 수 없지. 직접 나무라면 교육을 시키는 것뿐이라고 쏙 빠져나가지, 아동상담소에 신고하면 쓸데없는 짓을 한다고 도리어 원망하거든. 그래서 이웃사람의 시체가 백골이 될 때까지 발견되지 않는 거야. 이데이 겐이치 역시 그냥 백골이 되어도 이상할 것 없었어. 같이 사는 가족이나 친구가 없었으니까.

미나모토 유타, 당신은 대단해. 기특한 청년이야. 척 보기에 길거리에서 잔뼈가 굵은 양아치처럼 생겨서 젊은 여자한테나 집적거리고 다른 사람은 소 닭 보듯 하는 줄 알았는데 말이야. 현대인도 아직 가망이 있어. 아니면 그냥 구경꾼 기질인가?

음, 사실 제법 타산적으로 생각하기는 했지. 계속 트위터에다 글을 올리고 있었대. 무슨 일이 벌어졌는지 살피러 위층에 갔다가 빈사의 중상을 입은 사람이라도 구하면 자신은 영웅이 될 거라는 생각에 적극적으로 행동하면서 그 과정을 낱낱이 트위터에 올렸어. 하지만 설마 죽은 줄은 몰랐던 듯, 불경스러운 짓을 했다면서 시체가 발견된 당일 트윗과 사진을 모조리 삭제했지. 남아 있었다면 교수도 검색하다가 찾을 수 있었을 텐데, 유감이야. 피를 흘린 채 쓰러져 있던 이데이 겐이치의 사진도 찍은 모양이더라. 기자로 위장하고 빌려달라고 부탁했지만, 완고히 거절하더라고. 어떤 방송 매체가 부탁해도 거절하기로 했대. 일단 양심은 시커멓지 않다고 봐도 되려나."

"다스베이더 경도 성과가 없을수록 말이 많아지는구나."

잔갸 군이 지겨워 죽겠다는 듯이 말했다.

"성과? 있잖아."

"어디에?"

"액스의 말에 거짓이 없다는 걸 알아냈지. 문에는 자물쇠와 도어가드가 걸려 있었고 창문도 잠겨 있었어. 즉, 402호실은 완벽한 밀실 상태였어."

"으스댈 만큼 대단한 성과는 아닌 것 같은데. 단순히 사실 여부를 확인했을 뿐이잖아."

"새로운 정보도 있다고. 도어가드와 창문 자물쇠는 창밖에서는 못 걸어. 다시 말해 실내에서만 걸 수 있어. 그렇다면 범행 후에 방 안에서 자물쇠를 몽땅 잠가서 밀실을 만들고, 그 안에 머물다가 방 상태를 확인하려고 밖에서 밀실을 깨뜨린 틈을 타서 빠져나가면 된다는 가설을 세울 수 있지. 과연 가설이 성립 가능한지 검토해봤어.

구급대원이 도어가드를 부수고 안으로 들어가자 미나모토는 그 뒤를 따라 들어가서 한참 정신없는 틈을 타서 사진을 찍었어. 이때 집주인은 현관 앞에서 기다리고 있었지. 그 후에 방에서 나온 미나모토는 경찰이 도착해 현장에서 쫓아낼 때까지 402호실 앞에 있었어. 이때는 아직 자랑하고픈 마음이 남아 있어서 지금까지의 경위와 앞으로 경찰에게 받을 조사를 어떻게 블로그에 정리할지 고심하는 중이었지."

"그럼 수상한 사람이 나왔으면 미나모토나 집주인이 알아차렸겠네."

"그렇다는 말씀."

"그러니까 범행 후에 실내에 남아 있었을 가능성은 없다는 소리잖아."

"그래. 가능성 있는 트릭을 하나 제거했어."

"뭐냐, 그 소극적인 성과는."

"성과는 아직 더 있어. 미나모토는 4층 바깥복도에서 사정을 설명했다는데, 그때 현장을 검증하던 수사관이 '이 방 열쇠가 없어'라고 하는 말을 들었어. 요전에 잔갸 군이 말했듯이 범인이 그 열쇠로 현관문을 밖에서 잠그고 그대로 가지고 달아났겠지.

요컨대 밖에서 도어가드를 채울 방법만 있으면 이 밀실은 와르르 무너지는 거야. 따라서 밖에서 채울 수 있는 방법을 검토해봤어. 아마도 실이랑 철사로 조작하는 방법이 제일 먼저 떠오르겠지. 하지만 반슈초 하우스의 현관문은 낡은 것치고는 빈틈없이 닫히는 편이라 문과 문틀 사이로 실이나 철사를 통과시켜 도어가드를 조작하기는 무리야. 문에 우편물 투입구도 안 달려 있어서 그런 구멍을 사용할 수도 없지. 그럼 자석을 사용하면 어떨까. 유감스럽게도 도어가드는 자석에 달라붙는 재질이 아니라서 아무리 강력한 자석을 사용해도 1밀리미터도 움직이지 않아.

결론. 밖에서는 도어가드를 조작할 수 없다."

"그것도 소극적인 성과잖아. 다음."

"이상."

"겨우 그거 가지고 꼴값은."

"가능성을 하나하나 제거하는 것도 엄연한 추리라고. 그러는 넌 어떤데?"

두광인이 결국 성난 기색을 드러냈다.

"애써 현지까지 가놓고 어째서 302호실의 미대생 이야기밖에 안 들었냐."

"살인 현장의 좌우, 401호실과 403호실도 방문했어. 그때 문틈과 도어가드의 재질을 확인했지. 하지만 이야기에서는 건질 게 없었어. 이웃집에서 난 이상한 소리는 들었지만 신경 안 쓰고 그냥 잤대. 그야말로 정통파 현대인이었어."

"집주인은?"

"집주인? 문을 열 때 그 자리에 있었을 뿐이잖아. 사건이 발생했을 때는 다른 건물에 있어서 증언할 만한 게 없다고."

"그렇게 단정 지으니까 그 모양이지."

"밤중에 반슈초 하우스를 순찰하기라도 했다는 거야?"

"그게 아니야. 경찰한테 이야기를 들었단 말이야."

"경찰한테?"

"반슈초 하우스 주인은 소문을 좋아하는 아줌마거든. 정확하게는 아줌마와 할머니의 중간쯤 되는 여편네인데, 수사원을 볼 때마다 붙잡아서 이데이 씨는 뭣 때문에 죽었느냐, 살해당했느냐, 용의자는 있느냐는 식으로 쑥덕공론에 쓸 만한 이야기를 물어보며 놓아주질 않았어. 가부키초 언저리의 험상궂은 패들을 잡아먹을 듯이 무섭게 노려보는 경찰도 이런 아줌마한테는 약하단 말씀이야. 그래서 원래는 비밀로 유지되어야 할 수사정보가 새어나오고 말았어. 신문사나 방송국은 명문대를 졸업한 엘리트를 고용하느니 아줌마를 기자로 채용하는 편이 이득이지 않을까?"

"예, 예. 참 재미나네요. 그런데 어떤 수사정보지?"

"이데이의 혈액에서 수면유도제 성분이 검출됐어. 소량의 술도. 그래서 경찰은 사고사가 아닌가 의심하고 있지."

"뭐라고?"

"이데이는 자택에 혼자 있었어. 밤이라 문과 창문을 잠갔을 테지. 슬슬 자려고 수면유도제를 먹었는데 그전에 술을 마신 탓에 비틀대다가 넘어졌고, 그때 어딘가 잘못 부딪치는 바람에 목숨을 잃었어."

"어? 바닥이나 테이블 모서리에 머리를 찧은 흔적이 있었어? 혹시 책장? 그래서 책장이 쓰러졌나? 아니, 그럴 리 없어. 왜냐하면 이건 살인이니까. 죽인 장본인이 여기 있다고."

"예, 제가 저지른 짓입니다."

aXe가 나서서 딱 잘라 말했다.

"그것 봐. 갑자기 웬 사고래."

"진정해. 사고가 이번 사건의 진상이라고 한 적 없어. 경찰이 사고라고 의심한다는 것뿐이지."

잔갸 군이 받아쳤다.

"하지만 그런 흔적이 있으니까 사고를 의심하는 거잖아. 바닥이나 가구에 그런 흔적이 있었어? 하지만 그렇다면 액스가 살해했다는 사실과 모순돼."

두광인은 납득이 가지 않는 듯했다.

"진정하라니까. 실내에 그런 흔적은 없었어. 흉기도 발견되지 않았고."

"뭐? 그럼 어째서 사고라고 의심해? 제삼자가 흉기로 머리를 때리고 흉기를 가지고 도주했다. 그렇게 해석하는 수밖에 없잖아."

"방 밖에서 머리를 부딪친 거지."

"응?"

"이데이는 밖에서 술을 마시고 귀가하던 도중에 전신주나 자판기 따위에 머리를 부딪쳤어. 집에 돌아와 현관문을 잠그고 자려고 수면유도제를 마셨는데 몸 상태가 나빠져서 그 자리에 쓰러져 그대로 숨을 거뒀지. 이리하여 밀실 속의 변사체 완성."

"뭐라고?"

"머리에 타격을 받아도 부위에 따라 고통의 크기는 천차만별이야. 술을 마셔서 감각이 둔해진 탓도 있었을 테고. 외출혈이 적으면 뒤에서 앞지른 사람도 못 알아차릴걸. 상처를 입은 후에 잠시 아무렇지도 않게 활동하다 갑자기 용태가 변해서 짧은 시간 안에 죽음에 이르는 경우는 드물지 않아."

"토크앤다이 신드롬°이구먼."

반도젠 교수가 끼어들었다.

"아니, 하지만 이상하잖아. 이상하다고. 그래, 수면유도제. 이데이는 평소에 수면장애 때문에 의사한테 약을 처방받아서 먹었어? 아니잖아. 살해할 때 저항하지 못하도록 범인이 약을 사서 먹인 거라고. 재워놓고 픽."

이야기를 듣던 aXe가 다시 입을 열었다.

"사실을 밝히면 커다란 힌트를 주는 셈인데……. 뭐, 아무렴 어떻습니까. 분명 제가 알코올 음료에 아주 빠른 시간 안에 작용하는 수면유도제를 넣었습니다. 제가 클리닉에 가서 처방받은 약이에요."

"그것 봐. 그렇다면 이데이의 혈액에서 검출된 수면유도제 성분의 출처가 문제라고. 경찰이 통원 기록을 조사하지 않을까? 정제를 꺼내고 쓰레기통에 버린 빈 깍지를 찾지 않겠어? 통원 기록은 물론 방에서 약을 먹은 흔적도 없어. 그런데 자기 손으로 약을 먹었다고? 무슨 추리가 그래?"

"약은 남한테 받았어. 알약만 받아서 티슈 같은 걸로 싸둔 거지."

잔갸 군이 응수했다.

"뭐? 그런 식으로 나오시겠다? 좋아, 결정적으로 이상한 건 열쇠야. 402호실에서는 현관문 열쇠가 발견되지 않았어. 범인이 슬

° 머리에 충격을 받은 후 잠시 멀쩡하다가 의식을 잃는 현상. '루시드 인터벌'이라고도 한다.

쩍해서 밖에서 현관문을 잠그고 그대로 도망쳤기 때문이야. 그렇지?"

"탈출 경로를 한정하면 트릭이 밝혀질 수도 있어서……."

진범은 우물쭈물하며 제대로 답하기를 꺼렸다.

"이데이의 열쇠를 훔쳤어? 그것만 알려줘. 현관문으로 나갔느냐 말았느냐, 그 열쇠로 현관문을 잠갔느냐 말았느냐 밝힐 필요는 없어."

"예, 제가 훔쳤습니다."

"본인이 하는 말이니 백 퍼센트 확실하겠지. 이데이는 집 열쇠를 가지고 있지 않았어. 그렇다면 그는 외출했다가 머리를 부딪치고 귀가했을 때 도대체 어떻게 집에 들어갔을까? 문을 못 열잖아."

"이데이는 현관문을 잠그지 않고 외출했어. 밖에서, 예를 들어 술집에서 계산을 하다가 열쇠를 가방에서 떨어트려 잃어버렸지만 문을 잠그지 않고 나온 덕분에 문제없이 집에 들어갔지."

잔갸 군이 바로 설명했다.

"문 잠그는 걸 깜박했지만, 열쇠는 잊지 않고 들고 나갔고, 그 열쇠를 잃어버리고 돌아왔다? 무슨 소설 쓰냐!"

"그렇지. 하지만 경찰은 그렇게 해석한 거야."

"말도 안 돼. 요새는 고딩도 그런 해석은 안 하겠다. 집주인 아줌마가 잘못 들었든가 날조한 거 아니야?"

"아니, 말이 될 법한 이야기일세."

반도젠 교수가 노트에서 고개를 들었다.

"경찰이 사회정의와 질서유지를 위해 존재한다는 생각은 이념

이자 이상에 지나지 않아. 그들도 인간인 이상 다양한 갈등에 휘둘리지. 진상은 해명해야 하지만 빠른 해결도 요구돼. 미해결 사건으로 끙끙 앓고 싶지도 않고. 고로 숫자를 우선하는 민간 기업과 비슷한 상황이 발생해. 이 몸은 이러한 예를 알고 있다네.

시체의 양손과 양발은 물론 두 눈과 입에도 접착테이프가 감겨 있었지. 목에 로프 자국이 남아 있었지만, 로프는 10미터나 떨어진 곳에 있었고, 사건 현장의 높은 곳에 로프를 걸 만한 부분은 없었어. 게다가 사인은 실혈사. 뒤쪽에서 폐를 찔려 상처를 입었고 흉기로 추정되는 회칼은 깨끗하게 닦여서 부엌 칼꽂이에 꽂혀 있었다네. 그런데 사건을 담당한 현경에서 이 사건을 자살로 처리했어. 이렇게 기괴한 상황을 쏙 빼놓고 생각해도 이상하기 그지없지. 죽은 남자는 순조로이 일을 하면서 화목한 가정을 꾸려나갔어. 빚은 한 푼도 없었고 인간관계도 원만했지. 일주일 후에는 해외여행을 갈 예정이었고. 자살할 이유는 전혀 없었다네.

이 세상에 영문 모를 죽음이 얼마나 많이 사고나 자살로 처리되는지 아는가. 부검도 하지 않고 처리되는 변사체도 부지기수야. 거기에다 고도의 정치적 압력이 가해지는 경우도 있을 테지."

"뭐, 이 사건에 정치적 압력은 가해지지 않았겠지만."

잔갸 군이 웃음 섞인 목소리로 말문을 열었다.

"경찰이 사고로 취급하려 한다는 말을 듣고 실소하는 놈은 범인ﾉﾉﾉ, 분개하는 놈은 속물. 현명한 사람은 머릿속에서 뭔가가 번뜩이지. 그게 바로 이 어르신이야. 이데이는 집 밖에서 상처를 입었어. 하지만 취해서 넘어지는 바람에 다친 게 아니라 여기 있는 제이슨 마스크를 쓴 괴한한테 습격당한 거야. 이데이는 겨우 그 자리에서 벗어나 심한 통증을 참으며 집으로 돌아갔지. 제이슨이 들어오지 못하도록 문을 잠그고 도움을 요청하려 했지만 힘이 다 했어. 이리하여 밀실 속의 변사체 완성."

"그게 뭐야. 그건 절대로 아니야."

바로 두광인이 반박했다.

"밖에서 습격당한 뒤에 집으로 달아나지 않고 그 자리에서 도움을 청할지도 몰라. 아니지, 보통은 그런다고. 시나리오대로 움직일 확률이 너무 낮아."

"집 근처에서 습격당했다면 어떨까? 그것도 아주 근처, 반슈초 하우스 3층과 4층 사이 층계참에서 습격당했다면? 이데이는 밖에서 돌아와 계단을 올라가다가 뒤에서 습격당한 거야. 즉, 괴한은 아래에서 다가왔지. 그렇다면 위로 도망칠 수밖에 없잖아. 위는 4층, 4층에는 자기 집이 있어. 당연히 집으로 도망칠 테지. 그리고 두 번째 습격을 방지하려고 문을 잠글 거야. 어때, 시나리오 작성에 무리가 있는 것 같지는 않은데."

"층계참에서 습격당했다면 이데이가 지른 비명이나 큰 소리를 맨션 사람들이 들었을 텐데. 아니, 그것보다 시나리오대로 402호실로 도망쳐서 문을 잠그고 도어가드를 채웠다 쳐도 그다음에 안 죽으면 어떻게 해? 밀실이 완성돼도 거기 시체가 없으면 말짱 꽝이라고. 방까지 달아날 힘만 남도록 때리다니, 불가능해."

"그렇지. 이 어르신도 그렇게 생각해. 그냥 그런 생각이 번뜩였을 뿐 그걸 해답으로 제출할 마음은 없어."

"뭐야, 결국 그쪽도 성과는 없네. 그걸 감추려고 장광설이나 늘어놓고 말이야."

"아니야. 이 어르신은 낭보를 전하고 싶었다고."

"뭐?"

"경찰은 사고사로 처리할 작정이야. 따라서 이 도끼쟁이한테 수사의 손길이 미칠 일은 없지. 그러므로 우리도 두 다리 쭉 뻗고 잘 수 있어. 요 녀석들, 축하한다. 자, 이제부터가 이 어르신의 진짜 추리야."

8of9 (5월 16일)

잔갸 군의 발언이 이어졌다.

"밖에서는 도어가드를 못 채워. 그렇다고 안에서 채우면 밖으로 빠져나갈 수 없지. 허나 다스베이더 경의 탐문으로 살해 후에 범인이 실내에 머물렀을 가능성은 배제됐어. 그렇다면 남은 선택지는 하나. 자신은 밖에 나간 상태에서 안쪽에서 채우는 수밖에. 하지만 그걸 부탁할 사람은 안에 없어. 단순한 작업을 시킬 만한 동물도 없고. 따라서 남은 선택지는 하나. 기계를 사용하는 거야.

도어체인과 도어가드의 차이는 겉모습과 방범성만이 아니야. 채우는 동작에 큰 차이가 있지. 도어체인은 일단 체인 부분을 잡고 구멍으로 가져가서 체인의 끝부분을 구멍에 떨어뜨리는 세 가지 동작이 필요해. 그에 비해 도어가드는 걸쇠를 회전시키는 한

가지 동작으로 끝낼 수 있어.

도어체인을 채우려면 제법 복잡한 구조의 기계가 필요하겠지만, 도어가드라면 단순한 놈으로도 충분해. 걸쇠는 회전축으로 고정되어 있으니 들고 지지할 필요도 없어. 밀거나 당기는 힘만 가하면 회전해서 받이쇠에 채워지지. 바로 다음과 같은 장치가 떠오르더라.

도어가드의 U자형 걸쇠 부분에 묶은 실 한쪽 끝을 기계가 잡아당기게 하는 거야. 그냥 그렇게 내버려두면 시체가 발견됐을 때 기계와 도어가드가 실로 연결되어 있을 테니 트릭이 대번에 드러나겠지. 그래서 머리를 좀 더 굴려봤어. 도어가드가 채워진 후에도 계속 잡아당겨서 걸쇠 부분의 매듭이 풀리게 만드는 거야. 그리고 매듭이 풀린 후에도 계속 잡아당겨서 실을 감추는 거지.

어떤 물건이 이런 동작을 수행할 수 있을까? 실을 감는 기능을 지닌 물건이야. 코드 릴, 낚시 릴, 털실 감는 기구 같은 물건이 현장에 없었나? 사진을 확인하자. 방은 물건으로 넘쳐나지만 그런 종류의 물건은 없는 것 같아. 하지만 포기하기는 일러. 실을 감는 전용 기구가 없어도 회전해서 실을 감기만 하면 얼마든지 대용품으로 쓸 수 있지. 선풍기는 어떨까? 이것도 안 보이네. 하지만 에어컨은 있어. 에어컨 속에는 송풍용 팬이 있지.

도어가드의 걸쇠와 에어컨 팬을 실로 연결해. 실은 여유 있게 늘어뜨려 놓고. 에어컨 스위치를 켜면 팬이 회전하면서 실을 감기 시작해. 하지만 실 길이에 여유가 있으니 도어가드는 아직 움직이지 않아. 그 사이에 현관문으로 나가서 문을 닫아. 실은 점점 더 에어컨 속으로 끌려 들어가다가 이윽고 팽팽하게 당겨지지. 마침 내 도어가드가 채워지고 매듭이 풀려. 실은 계속해서 감기다가 마지막에는 전부 에어컨 속으로 사라져. 이리하여 밀실이 완성돼."

"에어컨 플러그가 벽의 콘센트에 꽂혀 있지 않은데."

두광인이 허점을 찔렀다. pic11로 확인할 수 있었다. 냉난방을 사용하지 않는 계절이라 대기전력을 아끼려고 뽑아두었으리라.

"그딴 건 나도 알아. 생각의 경로를 순서대로 따라가고 있을 뿐이라고."

잔갸 군이 울컥한 듯 딱딱거리더니 본론으로 되돌아왔다.

"에어컨은 못 써먹어. 그렇다면 그 밖에 뭐가 있을까? 다시 사진을 살펴보니 여기 있네. 방이 아니야. 부엌 사진, 17번. 바로 환풍기야. 이거랑 도어가드를 실로 연결하면 에어컨과 똑같은 결과를 얻을 수 있지."

"시체가 발견됐을 때 환풍기가 돌아가고 있으면 의심받지 않겠어?"

두광인이 또 트집을 잡았다.

"결국 경찰이 조사하다 실을 발견하겠지. 에어컨이나 선풍기라면 타이머로 끌 수 있을 테지만."

"이 사건을 사고사 취급하려는 놈들이라고. 환풍기가 돌아가든 말든 수상하게 여길 리 없어. 유족이 납부할 전기세가 아깝다며 스위치나 끄고 말겠지."

"말은 그럴듯한데, 사고사 취급하는 건 어디까지나 결과에 불과해. 경찰이 사고사 취급하기를 기대하고 트릭을 만들다니 너무 무모하다고."

"그렇다면 환풍기가 돌아가도 이상하지 않을 상황을 만들면 되지. 피해자는 가스레인지를 사용한 직후에 살해당했다. 요러면 문제없잖아. 어? 아무래도 범인 역시 실제로 그런 술수를 부린 모양이야."

pic17에서 가스레인지 위의 주전자와 개수대에 방치된 컵야키소바의 찌꺼기를 확인할 수 있었다. 개수대는 스테인리스 부분을 제외하고는 검은색이었다. 가스레인지와 주전자 역시 검은색.

"시체가 발견됐을 때 실제로 환풍기는 돌아가고 있었어? 돌아가고 있었다면 그 트릭을 지지해줄게."

"집주인하고 이야기할 때 그런 말은 안 나왔어. 아래층 미대생은 뭐라고 했는데?"

"아무 말도 못 들었어. 그런 트릭을 썼는지 확인하러 간 게 아니니까 굳이 묻지도 않았고."

"하지만 추리로서는 성립하잖아? 메커니즘도 단순해서 특수한 기술이 없어도 설치할 수 있어."

"음."

"아무 해답도 못 내놓은 주제에 남의 추리를 물고 늘어지기냐."

"그렇게 나오면 뭐라고 할 말이……."

"그러므로 이게 이 어르신의 최종 답변."

어떠냐는 듯이 잔갸 군이 말을 딱 끊었다.

1초, 2초, 시간이 흘러 슬슬 aXe가 판정을 내리지 않을까 싶을 때, 화면에 텍스트가 나타났다.

5, 6

"콜롬보 짱?"

05와 06

"앙?"

"사진 번호 말하는 거 아니야?"

두광인이 말했다. pic05는 402호실의 도면이고 pic06은 현관문을 안쪽에서 찍은 사진이다.

부엌은 현관문을 등에 지고 오른쪽에 있어.

"그게 뭐?"

도어가드는 현관문을 정면으로 보았을 때 문 오른쪽에 달렸어. 걸쇠는 문에, 받이쇠는 문틀에.

"그런데?"

걸쇠는 받이쇠를 향해 회전운동을 해.

"그래서?"

현관문을 등에 지면 도어가드의 위치는 왼쪽. 걸쇠는 오른쪽에서 왼쪽으로 회전해.

"그야 그렇겠지."

회전운동의 작용점인 환풍기는 부엌에 있어.

"응, 맞아."

부엌은 현관문을 등에 지면 오른쪽에 있고.

"안다니까. 그래서 그게 뭐 어쨌는데?"

환풍기는 오른쪽, 도어가드는 왼쪽.

"그, 래, 서?"

도어가드의 걸쇠에 묶은 실을 오른쪽 방향으로 당기면 오른쪽 방향으로 움직인다.

"당연하지."

따라서 걸쇠는 오른쪽으로 움직이려고 한다.

"끈덕지기는."

걸쇠는 왼쪽으로 회전하도록 되어 있어.

"응?"

오른쪽으로 움직여도 문에 부딪칠 뿐.

"아?"

왼쪽으로 회전시켜야 받이쇠에 채워져.

"아."

"환풍기와 도어가드의 걸쇠를 실로 연결해서 환풍기를 돌려도 걸쇠는 받이쇠와 반대 방향으로 움직이니까 절대 채워지지 않아. 즉, 반슈초 하우스 402호실에서 환풍기를 사용한 트릭은 성립하지 않는다는 뜻이지."

두광인이 상처에다 소금을 뿌렸다. 반론이나 격앙 없이 크흐응, 하고 코 고는 듯한 신음소리를 남기고 잔갸 군은 침묵했다.

"도어가드의 왼편에 위치한 욕실이나 화장실에 환풍기가 있다면 성립했겠지만요. 낡은 건물이라 창문을 열어 환기를 하는 식이었어요. 리폼할 때도 바꾸지 않았습니다. 유감스럽네요."

aXe가 여유롭게 웃었다.

"아아!"

반도젠 교수가 몸을 쭉 뻗었다.

"알았네. 알아냈다고."

그리고 심벌즈를 든 원숭이 인형처럼 두 손을 크게 휘둘러 손뼉을 쳤다.

"호오, 들어볼까요."

"기나긴 기다림 끝에 결국 이 몸이 MVP를 획득할 때가 왔다네. 하지만 이 영예의 절반은 잔갸 군님에게 돌려야겠어. 왜냐하면 잔갸 군님의 추리에 촉발받아 최종 해답이 번뜩였거든."

"필요 없어!"

늑대거북이 비치는 화면 아래의 레벨 미터가 빨간색 부분까지 뻗어나갔다.

"기계란 실로 잘 만들어진 물건이라 때로는 만들어낸 인간보다 더 유능한 일손이라고도 할 수 있지. 미스터리 소설의 트릭에서도 마찬가지야. 살아 있는 인간에게는 불가능한 일을 척척 해치워서 모르는 사람 눈에는 불가사의하게 보이는 걸세. 반면에 써먹으려면 특수한 지식이나 기능이 필요하거나, 밀리미터 단위의 정확성이 요구되기도 하고, 장치를 회수하지 않으면 트릭이 발각되는 등 고생에 비해 성과가 적은 경우도 종종 있어. 액스 님의 공명 트릭이 그러하였지. 잔갸 군님이 방금 소개한 실 감기 트릭이 빛을 보지 못한 것도 이러한 어려움이 잘 드러난 좋은 예일세."

"닥쳐라!"

"바로 그 점이 이 몸에게 영감을 주었다네. 아무 기계도 사용하지 않으면 세세한 제약에 고민할 필요가 없어. 기계만이 물리적인 작용을 하는 것은 아니지 않은가. 전기 청소기만이 바닥의 먼지를 제거하는 건 아니란 말일세. 창문으로 불어 들어오는 바람도 바닥의 먼지를 날려 보낼 수 있어. 그래, 자연의 힘을 이용하는 걸세. 도어가드의 걸쇠를 문을 여닫는 데 방해 되지 않도록 아슬아슬한 위치까지 옮기고 밖으로 나간 후에 문을 세게 닫는 거야. 그러면 진동으로 걸쇠가 움직여 받이쇠에 채워지겠지. 이리하여 밀실이 완성되었네."

반도젠 교수는 활을 당기듯 양팔을 앞뒤로 벌리고 폼을 잡았다.

"무리야."

두광인이 반도젠 교수의 해답을 싹둑 잘라냈다.

"무리라니. 귀공은 이 몸의 이야기를 제대로 들었는가? 걸쇠를 받이쇠 근처로 옮겨놓는다니까. 조금만 더 움직이면 걸쇠가 채워진단 말일세. 문을 세게 닫으면 그 정도의 진동 에너지는 발생해."

"'조금만 더'라지만 1, 2밀리미터는 아니겠지. 몇 센티미터는 될 거야. 문을 쾅 닫기만 해서는 걸쇠가 그렇게 많이 움직일 리 없어. 어째서 이렇게 딱 잘라 말할 수 있느냐, 나도 그 트릭이 머릿속에 떠올랐거든. 그래서 반슈초 하우스에서 탐문을 할 때 도어가드를 확인했지. 걸쇠를 좌우로 회전시켜봤는데 제법 빽빽하더라고. 사고를 방지하기 위해서일 거야. 문을 닫을 때의 진동으로 도어가드가 걸리면 주인이 자기 집에 못 들어가는 사태가 발생하잖아. 그런 일이 일어나지 않도록 일부러 빽빽하게 만들어놓은 거야."

"아니, 그러니까 세게 닫는다고 하지 않았는가."

"문을 세게 닫으리라 가정하고 설계했을걸. 다른 사람이야 시끄러워하든 말든 문을 힘껏 닫는 사람은 제법 많아. 그리고 바람 때문에 의도와는 달리 문이 세차게 닫히는 경우도 있을 테니까."

"아니, 그러니까 상식적인 수준을 뛰어넘을 정도로 세게 닫는다는 말일세. 몸으로 문에 부딪치는 식으로."

"브록 레스너˚가 태클해도 안 될걸. 왜냐하면 402호실 창문은 전부 닫혀 있었거든. 그 상태로 문을 세게 닫으면 달아날 곳이 없는 실내의 공기가 문을 안쪽에서 되밀어내기 때문에 이쪽에서 문을 닫는 힘이 확 죽어버린다고."

"우……."

"그리고 한 가지 더. 가령 혼신의 힘을 다해 닫았다면 그때의 소리와 진동은 엄청났을 거야. 그런데 왜 아무도 느끼지 못했을까? 1시 반에 들린 이상한 소리가 그거라고? 아니지, 아무리 문을 세게 닫아도 책장은 쓰러지지 않아. 기껏해야 책장 속의 책이 넘어지거나 바닥에 한두 권 떨어지는 정도겠지. 그러니까 1시 반에 들린 소리는 살해할 때 책장이 쓰러지면서 난 거고, 문을 닫는 소리와 진동은 책장이 쓰러지는 소리와는 별개로 발생해야 해. 하지만 정체불명의 커다란 소리는 한 번밖에 들리지 않았어. 심야에 문에다 태클을 먹였는데 그 엄청난 소리와 진동을 맨션에 사는 사람이, 특히 양 이웃집 사람이 느끼지 못했을 리 없지. 아니야?"

반도젠 교수는 고개를 푹 숙였다.

˚ 미국의 프로레슬링 선수로 굉장한 거구이다.

"종료."

잔갸 군이 진심이 전혀 느껴지지 않는 박수를 쳤다.

"그럼 슬슬 정답을 발표해볼까요."

aXe가 다시 나섰다.

"생각할 시간을 조금만 더 줘."

"한 번 틀린 사람은 줄 맨 뒤에 다시 서서 순서를 기다리며 생각해보세요."

"네 녀석이 정답을 발표하면 생각해봤자 허사잖아."

"모두가 포기할 때까지는 정답을 밝히지 않겠습니다. 하지만 아직 한 번도 답을 내놓지 않은 분이 정답을 맞힐 것 같으니 댁이 끙끙대며 다른 추리를 짜내봤자 순서는 영원히 돌아오지 않을 것 같네요. 콜롬보 씨, 댁은 전부 다 알고 계시죠?"

9of9 (5월 16일)

집의 구조를 확인하겠어.

긍정이나 부정을 하는 대신에 044APD는 그런 텍스트를 띄웠다.

"그러세요."

현관문과 방 사이에 짧은 통로가 있고, 통로와 방은 문으로 구분되어 있어.

"예. 도면과 사진에 나온 그대로입니다."

시체가 발견됐을 때 그 문은 닫혀 있었나, 아니면 열려 있었나.

"갑자기 그쪽으로 찔러 들어오는군요."

닫혀 있었어? 열려 있었어?

"열려 있었습니다. 역시 다 아시네요."

얼마나 열려 있었지?

"활짝요. 아아, 이제 글렀어."

이번 문제에는 한 가지 테마가 있어. 밀실, 알리바이, 특수한 흉기, 암호 따위의 트릭이 아니야. '원격조작'이라는 기술이지.

"아아, 하나부터 열까지 전부 꿰뚫어봤어. 기브 업입니다. 정답!"
"너 혼자만 알아들으면 다냐."
잔갸 군이 으르렁거렸다.

감시 카메라 영상을 인터넷을 경유해 현장에서 떨어진 곳에서 캡처했다는 것도 원격조작.

"그딴 건 나도 알아. 밀실도 원격조작으로 만들어냈다는 거야?"

그래.

"어떻게?"

감시 카메라 영상과 똑같이 인터넷을 경유해서 조작했어.

"인터넷으로? 조작할 대상은 자물쇠랑 도어가드라고. 실제로 형태랑 중량이 있는 물체란 말이야. 영상이나 음성처럼 실체가 없는 데이터를 다루는 거랑은 차원이 다르다고. 아무래도 그건 불가능해."

자물쇠를 직접 원격조작하는 게 아니야. 로봇을 원격조작해서 자물쇠를 잠갔어. 정확하게는 자물쇠가 아니라 도어가드를.

"로봇?"

무선 랜이 탑재된 로봇은 네트워크를 경유해서 PC로 조작 가능.

"아?"

방, 부엌, 욕실, 화장실, 네 곳의 창문은 범인이 안에서 잠갔어. 모든 창문을 먼저 봉쇄했으니 현관으로 빠져나가야겠지. 현관문 근처에 로봇을 놓아두고 밖으로 나가서 문을 닫고 피해자의 열쇠로 잠근 후에 현장을 떠나면 완료. 이 단계에서 도어가드는 채워져 있지 않아. 그리고 길가, 카페, 자동차나 전철 안, 리우데자네이루 등 어디서라도 인터넷에 연결할 수 있는 환경만 확보하면 도어가드를 채울 수 있지. PC로 인터넷에 접속해 반슈초 하우스 402호실의 로컬 네트워크에 들어가서 거기에 무선 랜으로 연결된 로봇에게 조작 어플리케이션으로 명령을 내려. 명령을 받은 로봇은 도어가드의 걸쇠를 움직여 받이쇠에 채우겠지. 로봇에는 웹캠이 탑재되어 있어서 영상으로 로봇의 동작을 확인하며 도어가드를 확실하게 채울 수 있어. 이걸로 밀실은 완성되지만 로봇을 그 자리에 방치하면 트릭이 들통 날 테니 방으로 이동시켜야겠지. 역시 탑재된 웹캠 영상을 확인하면서 차를 운전하듯이 움직여. 현관 바닥과 통로는 높이에 차이가 있지만 로봇에는 캐터필러가 달려 있으니까 거뜬히 넘을 수 있어. 통로와 방 사이의 문은 열려 있었으니 로봇이 열 필요는 없어. 현관 바닥에서 더러워진 캐터필러로 방까지 이동하면 다소나마 바닥이 지저분해지겠지. 하지만 바닥은 검으니까 지저분해도 눈에 잘 띄지 않아. 또한 구급대원이 드나들 때 더러워진 부분을 마구 밟고 다닐 테니 경찰 수사에는 도움이 되지 않지. 이상.

"듣자듣자 하니 이 새끼가. 무선 랜으로 조종할 수 있는 로봇? 그런 걸 어디서 가져오냐? 연구소? 대학 연구실?"

"강아지 로봇이 있지 않았던가?"

반도젠 교수가 두 귀 옆에 손을 세웠다.

"멍청아, 너무 작잖아. 뒷발로 서서 앞발을 올려도 도어가드에는 안 닿아."

"모르시는군요. 요즘은 일세를 풍미한 그 강아지 로봇보다 훨씬 기능이 뛰어난 로봇을 훨씬 저렴한 가력에 아키하바라秋葉原에서 사거나 통신 판매로 구입할 수 있습니다. 제법 고급스러운 장난감이라고요, 장난감."

aXe가 웃음 섞인 목소리로 말했다.

"그걸 사서 이데이의 집에 들여놓았냐?"

"예."

"어떻게 회수했는데?"

"회수?"

"일을 끝낸 로봇 말이다. 구급대원이 이데이를 실어내느라 정신없는 틈을 타서 원격조작해서 방 밖으로 이동시켰냐? 계단까지 움직인 다음에 네 녀석이 직접 들고 달아났겠지."

"현장에서 그런 물건이 나왔다면 미나모토가 알아차렸을 텐데. 경찰이 도착할 때까지 402호실 앞에서 기다렸으니까."

두광인이 반박했다. aXe도 거들었다.

"지금도 현장에 있습니다."

"현장? 402호실에?"

"물론이죠."

"원격조작으로 숨겼냐? 402호실의 어디에?"

"숨기긴 뭘 숨깁니까. 도어가드를 채우고 현관에서 방으로 이동시킨 후에 그냥 놔뒀습니다. 7만 엔은 아깝지만 되찾으러 갔다가 경찰한테 걸리면 빼도 박도 못하니까요."

"현관문 옆에서 방으로 이동시켰어도 그런 물건이 일반 가정에 존재한다는 것 자체가 경찰의 흥미를 끌 텐데. 강아지 로봇처럼 귀여운 놈이라면 인상이 달라지겠지만."

"걱정 없습니다. 다실이나 고딕 롤리타* 취미가 있는 여자애 침실에 그런 물건이 있으면 위화감이 아주 심하겠죠. 하지만 이데이의 집에는 보통 사람들은 이해가 불가능한 전자제품이 여기저기 널려 있어요. 로봇 한두 개쯤 있어도 특별히 눈에 띄지 않습니다. '나뭇잎은 숲속에 숨겨라'의 일종이죠."

"로봇이라니 공정하지 못해."

잔갸 군이 물고 늘어졌다.

"기계를 이용한 트릭이 교활하다고요? 맥이 추리한 환풍기 트릭도 기계 트릭 아닙니까."

"그게 아니라."

"새로운 기술을 도입한 트릭이 마음에 안 들어요? 그러니까 더 일반적으로 보급된 도구를 사용하라는 말입니까?"

"그것도 아니야. 특수한 도구를 사용하든 말든 상관없어. 다만 그럴 때는 그 도구에 관한 정보를 무슨 형태로든 사전에 제시해야지. 환풍기라면 그게 어떻게 쓰이고 어디에 설치되어 있는지 누구나 다 아니까 일일이 설명할 필요 없어. 그런데 네트워크를 경유해서 통제하는 최신형 로봇이라? 그딴 게 뭔지 누가 아냐."

---

* 고딕풍과 롤리타 패션의 요소를 묶은 일본의 패션 스타일 또는 그러한 하위문화.

"저요."

"망할 놈."

"사전에 분명하게 정보를 제공했습니다만."

"언제?"

"제가 사용한 로봇의 사진을 올려놨잖아요."

"거짓말 좀 작작해. 이미 한물 간 강아지 로봇밖에 안 찍혀 있잖아."

11

aXe 대신에 044APD가 대답했다. pic11은 방 북쪽의 일부분을 찍은 사진으로, 쌍안경에 카메라 방수 케이스, 소형 LED플래시라이트, 개봉하지 않은 과자 부록 장난감, OA클리너, 전지 충전기 등 잡다한 물건이 빼곡하게 들어찬 컬러 박스와 그 옆의 철제 캐비닛을 중심으로 찍혀 있었다.

"로봇이 어디 있냐? 이 2등신 곰인형 말이야? 10센티미터? 20센티미터? 개새끼 로봇보다 작다고. 도어가드에 닿을 리가 없잖아. 점프라도 한다는 거냐?"

"로봇 하면 로비 더 로봇°이나 C-3PO°°, 무라타 세이사쿠 군°°° 같은 로봇밖에 안 떠오르는 모양이네요. 인간형 로봇은 로봇 가운

° 미국의 SF영화 〈금지된 세계〉에 등장하는 로봇.
°° 영화 〈스타워즈〉에 등장하는 인간형 로봇.
°°° 일본 무라타 제작소에서 개발한 자전거 타는 로봇.

데 극히 일부에 지나지 않습니다. 애당초 2족 보행은 불안정해서 실용적이지 않아요. 자동차 공장에 있는 산업용 로봇에 얼굴이나 손발이 달렸습니까? 이데이의 집에 있는 자동 청소기도 엄연한 로봇입니다."

"시끄러."

"캐비닛 뒤쪽에 보이는 거?"

두광인이 말했다.

"그렇습니다."

금속판과 파이프를 조합한 현대미술의 오브제 같은 물건이 찍혀 있었다. 아래쪽에는 캐터필러 같은 벨트 모양 부품이 달려 있었다.

"안 보여. 보여도 못 알아차려. 알아차려도 뭔지 모른다고. 그런 물건이 방에 있다고 한마디쯤 하란 말이야."

잔갸 군이 고함을 질렀다.

"도대체 사진이 왜 있는데요. 거기 찍힌 물건을 하나하나, 콘센트의 위치와 소켓 개수, 빠진 머리카락이 떨어진 곳의 좌표, 텔레비전 리모컨 버튼에 묻은 때, 책상 위에 놓인 펜의 개수와 상품명, 색상과 잉크 잔량까지 설명해야 합니까? 알겠습니다. 다음부터는 사진 대신에 말로 설명하죠."

잔갸 군은 닥쳐, 개 같은 소리 늘어놓지 마, 더 잘 보이도록 찍어, 라고 욕설을 퍼부었지만 044APD의 한마디에 입을 다물었다.

난 봤는데.

"그것 보세요. 실제로 알아차린 사람이 있으니 사진을 일일이 설명하지 않았다고 해서 불공정하다고는 할 수 없습니다. 아, 맞다. 이 말을 깜박했네.

정답!

또 콜롬보 씨한테 당했습니까. 6연승 정도 하셨나요?"

8

"은근슬쩍 자랑하시는군요."

"잠깐 기다리게나."

반도젠 교수가 웹캠을 꽉 움켜쥘 것처럼 손을 내밀었다.

"콜롬보 님의 승리를 선언하다니 성급하이."

"콜롬보 씨의 추리가 정답입니다. 세세한 차이는 있어요. 제가 로봇 조작에 사용한 건 PC가 아니라 스마트폰입니다. 또한 콜롬보 씨가 언급하지 않은 점도 몇 가지 있죠. 예를 들어 제가 어떻게 이데이 겐이치에게 접근해 어떤 식으로 수면유도제가 든 술을 먹였는가. 하지만 그런 요소는 문제의 본질과는 관계없습니다."

"아니, 그런 걸 지적하는 것이 아니라."

"아아, 알겠습니다. 제 로봇 원격조작보다 더 괜찮은 방법으로 밀실을 만들 수 있다는 거죠? 설령 그렇다 해도 그건 별개의 이야기입니다. 트릭의 우열을 겨루자는 게 아니니까요. 그 경악할 만한 트릭은 옆에 놓아둔 공책에 적어뒀다가 다음에 교수님이 출제할 때 써먹으세요. 기대하고 있겠습니다."

"아니, 그게 아니라, 문제가 아직 하나 남아 있지 않은가. 밀실은 깨졌어. 하지만 알리바이는 아직 건재하다네."

"그러게. 그건 어떻게 한 거야?"

잔갸 군이 부활했다.

"어떻게고 저떻게고 그건 2인 1역이었겠죠."

"그러냐?"

"댁이 그렇게 결론 내렸잖아요."

"2인 1역이 정답이야?"

"글쎄요."

"이 망할 놈아, 글쎄요라니."

"댁은 2인 1역으로 납득했으니까 2인 1역이겠죠."

"아우, 썅."

"알몸이라 꼴불견인데도 멋지고 근사한 옷이라며 팬티 한 장만 걸치고 활보하는 꼴이죠. 뭐, 임금님이 행복하다면야 아무 말도 않겠습니다. 다만 부디 감기에 걸리지 않도록 조심하시길."

"이 자식이."

"이 몸은 납득이 가지 아니하였네."

반도젠 교수가 손뼉을 치며 끼어들었다.

"2인 1역을 완고하게 주장한 잔갸 군님은 제쳐놓더라도 그 주장을 지지하지 않은 이 몸은 진상을 알 권리가 있어. 다스베이더 경과 콜롬보 님도 마찬가지고."

"아니요. 알리바이 문제를 철회했을 때 세 분 다 군말 없이 받아들였습니다. 2인 1역설을 묵인한 셈이나 다름없어요."

"그것은 오해일세."

"아니면 그 알리바이 무너뜨리기 문제에 그다지 흥미가 없었다든가."

"거 무슨 소리인가."

"그러니까 이 문제는 종료합니다."

"이보게, 그렇게 멋대로 마무리하는 법이 어디 있나. 그렇지, 다스베이더 경?"

"출제자 본인한테 의욕이 없다는데 어쩌겠어."

"귀공도 참 매정할세. 진상이 영원한 수수께끼로 남다니 기분 나쁘지 않은가. 그렇지, 콜롬보 님? 오! 혹시 귀공은 2인 1역과는 다른 해답을 가지고 있는 것 아닌가? 음, 분명 그럴 거야. 그 해답을 슬쩍 알려주지 않겠는가. 콜롬보 님? 이런! 어느 틈에 로그아웃했나 그래."

컴컴한 [044APD] 창에 방금 전까지 비치던 사람의 실루엣은 없었다.

"그것 보라니까요. 모두 관심이 없다고요."

"아니, 이 몸은."

"여기 있는 네 명은 진상해명을 포기했지만, 그쪽의 댁들은 의사를 표시하지 않았습니다. 제 알리바이 트릭에 흥미가 있습니까? 지켜보고만 있으려니 좀이 쑤시다고요? 그렇다면 한번 덤벼 보십시오.

이데이 겐이치는 5월 8일 오전 2시 전후에 도쿄 신주쿠구에서 사망했습니다. 이건 경찰이 보증하는 사실이에요. 하지만 저는 8

일 오전 1시 32분에 나고야시 지쿠사구에 있었죠. 이 역시 경찰이 보증하는 사실입니다.

저는 이 세상에 두 명이 존재하는 걸까요? 아니면 시공을 왜곡시킬 수 있는 걸까요? 아니면……. 마지막까지 시청해주신 댁의 추리는 어떠합니까?"

aXe가 제이슨 마스크를 가로막듯이 손도끼를 내밀더니 이쪽 화면을 찢듯이 비스듬히 내리쳤다.

5월 18일

"저는 이 세상에 두 명이 존재하는 걸까요? 아니면 시공을 왜곡시킬 수 있는 걸까요? 아니면…….

마지막까지 시청해주신 댁의 추리는 어떠합니까?"

aXe가 제이슨 마스크를 가로막듯이 손도끼를 내밀더니 이쪽 화면을 찢듯이 비스듬히 내리쳤다.

거기서 멈춘 화면을 앞에 두고 사가시마 유키오嵯峨島行生는 무의식적으로 한숨을 내쉬었다. 동영상을 이럭저럭 스무 번은 보는 동안 등장인물의 말 한 마디 한 마디를 대부분 외웠다.

전날 밤에 친구한테 메일이 왔다. 제목은 '진짜일까?'로, 본문에는 인터넷 주소가 하나 적혀 있었다.

한 동영상 공유 사이트로 링크된 인터넷 주소를 누르자 '1of9 (5월 13일)'이라는 제목의 동영상이 재생되었다.

컴퓨터 모니터 전체를 캡처한 동영상이었다. 화면에 열린 AV채팅 창 다섯 개에 각각 이상한 형상이 비치고 있었다. 노란 아프로 머리의 반도젠 교수, 다스베이더 마스크를 쓴 두광인, 제이슨 마스크를 쓴 aXe, 수조 속의 늑대거북이 비치는 잔갸 군, 사람의 상반신 실루엣이 비치는 044APD.

이상한 것은 그들의 겉모습만이 아니었다. 그들은 사람 죽인 이야기를 희희낙락 지껄이고 있었다. 그것도 자신들이 직접 저지른 살인 이야기를.

2년 전, 어떤 집단이 수년 동안 살인게임을 벌여왔다는 사실이 밝혀졌다. 그들은 '반도젠 교수' '두광인' 'aXe' '잔갸 군' '044APD'라는 닉네임으로 AV채팅을 이용해 추리 대결을 벌였다. 멤버 중 하나가 누군가를 살해하면 나머지 멤버들은 그가 어떤 수법으로 죽였는지 추리하는 것이다. 리얼한 탐정 놀이다.

그들 역시 그러한 놀이가 사회적으로 용인되지 않으리라는 것을 잘 알고 있었다. 따라서 그들은 그들만이 아는 폐쇄된 공간에서 금단의 놀이를 즐겼고, 놀이의 내용은 절대 입 밖에 내지 않았다. 하지만 2006년 6월, 멤버 가운데 하나인 오노 히로아키尾野宏明가 체포되어 '밀실살인게임'의 전모가 백일하에 드러났다.

원한, 증오, 입막음, 금전, 욕정, 학대에 따른 것이 아니라, 단지 고안한 트릭을 실제로 사용해보고 싶은 마음에 사람을 한 명, 때로는 두 명, 세 명, 열 명이라도 죽인다. 그리고 채팅을 통해 자신의 살인사건을 자랑스럽게 공개하고 술이라도 한잔하며 트릭에 대한 추리로 화기애애하게 이야기꽃을 피운다. 그 비인도적인 범죄는 세상을 뒤흔들었다.

한편으로 이 살인게임을 재미있어하는 자도 적지 않아 수많은 모방범이 나타났다. 스스로 고안한 밀실과 알리바이 트릭을 실제로 사용해 사람을 죽이는 사건이 잇달았다. 대개는 혼자 트릭을 사용해 살인을 저지르는 사건에 그쳤지만, 개중에는 다섯 명을 모아서 오노 패거리의 우스꽝스러운 변장과 말투까지 따라 하며 추리 대결을 되풀이한 그룹도 있었다. 살인은 저지르지 않지만 흰옷에 노란 아프로 머리를 하고 동인 이벤트에 나타나는 식으로 그저 흉내 내는 자까지 포함하면 추종자는 백 명도 넘었다.

과거에 오노 히로아키 패거리 다섯 명이 AV채팅으로 추리 대결하는 모습을 담은 동영상 파일이 경찰의 실수로 인터넷상에 유출된 적이 있었다. 사가시마는 그 동영상을 본 적이 있다. 그래서 어젯밤에 '1of9 (5월 13일)'을 보았을 때는 또 직업의식이 낮은 경찰관이 파일 공유 소프트웨어를 쓰다가 폭로 바이러스에 감염되어 최근에 체포한 모방범한테 압수한 AV채팅 동영상이 유출된 줄만 알았다.

동영상 공유 사이트는 업로드 가능한 동영상 파일의 용량에 제한이 있어서 재생 시간이 긴 동영상은 분할해서 업로드해야 한다. 어중간하게 끝난 '1of9 (5월 13일)'은 '2of9 (5월 13일)'이라는 동영상으로 이어져 이야기가 계속되었다. '9of9 (5월 16일)'까지 합쳐서 아홉 개로 분할된 동영상을 순서대로 본 사가시마는 예전에 본 유출 동영상과는 어쩐지 다르다는 인상을 받았다. '9of9 (5월 16일)'의 마지막 장면에서 그 느낌은 결정적으로 변했다. 'aXe'라는 닉네임을 쓰는 사람이 채팅 멤버가 아니라 이 동영상을 시청하는 사람들에게 멘트를 던진 것이다. 이 동영상은 경찰의 압수물에서 유출된 것이 아니다. 처음부터 불특정 다수에게 보여줄 목적으로 제작해 동영상 공유 사이트에 올린 것이다.

사가시마는 처음에 이 일련의 동영상에서 화제가 된 살인사건은 픽션일 거라고 생각했다. 반슈초 하우스라는 가공의 건물을 무대 삼아 가공의 밀실살인을 시나리오로 써서 범인 역과 탐정 역을 나누어 다섯 명이서 연극을 한다. 즉, 실제로 발생한 밀실살인게임의 패러디다.

하지만 조사해보자 5월 8일 아침에 도쿄도 신주쿠구 신주쿠 5초메에서 37세의 프리라이터 이데이 겐이치가 변사체로 발견된 사건이 실제로 발생했다. 게다가 현장인 반슈초 하우스는 색채 심리를 도입한 맨션이었다. 그리고 동영상에 나오는 사진 투고 사이트에 가서 '고바야카와 조지' '지구사 야스스케'로 검색하자 어질러진 방에 너부러진 시체와 교통범칙 고지서 사진이 나왔다.

'1of9 (5월 13일)'을 포함한 아홉 개의 파일이 업로드된 시각은 5월 17일 오후 9시였다. 사가시마가 처음으로 그 동영상을 본 17일 오후 11시에 동영상들의 조회수는 이미 7천을 넘어섰다. 만약 이것이 실제로 발생한 이데이 겐이치 살해사건의 범인들이 나눈 대화를 기록한 동영상이라면 당국의 귀에 들어가자마자 삭제될 것이 뻔했기에 사가시마는 동영상 파일 아홉 개와 사진 파일 스물두 개를 자기 컴퓨터에 다운로드했다.

오늘 아침에 사이트를 살펴보니 동영상과 사진은 모조리 삭제된 상태였다. 몇몇 이용자가 다른 사이트에 다시 업로드했지만 그 것도 낮에는 삭제되었다. 당분간 이 다람쥐 쳇바퀴 돌리기가 계속 되리라.

사가시마가 커피를 들고 컴퓨터 앞으로 돌아와 스무 번도 넘게 본 동영상을 다시 보려고 하는데 인터넷 전화가 걸려왔다.

"알아냈어?"

미사카 겐스케三坂健祐. 이 동영상의 존재를 알려준 친구였다.

"아니. 애당초 그 녀석들이 왜 이런 동영상을 올렸는지 그 이유 도 모르겠어."

사가시마는 고개를 저었다.

실제로 발생했으며 미해결로 남은 사건, 시체를 포함한 현장 사 진, 당국의 신속하고도 철저한 은폐. 이러한 요소로 판단하건대 이 동영상에 등장하는 자들 중 하나가 분명 이데이 겐이치를 죽 였으리라. 그리고 그룹 외부의 사람들에게 질문을 던진 것으로 보 아 이 동영상은 범인 그룹이 스스로 공개한 것이다. 하지만 이 같 은 영상을 공개하면 경찰의 조사를 돕는 셈이나 마찬가지다. 자기 손으로 자기 목을 조르면 어쩌자는 말인가. 테러리스트는 빌딩을 폭파한 직후에 자신들이 저지른 짓이라고 성명을 낸다. 그것과 똑 같은 짓일까. 정치적인 의도는 없는 단순한 유쾌범일까.

"왜 공개했는지 알아서 뭐 하려고. 이놈들이 잡히면 알겠지. 어 차피 별 의미 없을 거야. 알맹이 없이 남의 흉내나 내며 낄낄대는 놈들이니까. 그것보다 문제는 알리바이라고. 제이슨의 알리바이, 무너뜨릴 수 있겠어?"

"몇 가지 방법이 떠오르기는 했는데 아마 정답은 아닐 거야."

"뭐야, 미스터리 소설을 한 해에 2백 권이나 읽으면서 고작 그 정도야?"

"그거랑 이건 다르지. 그러는 넌?"

"당연히 알아냈지. 펜글씨 초급에 주산 2급을 얕보지 말라고."

"뭔 소리래."

"70퍼센트, 이걸로 확정이다."

미사카가 길고 꼬질꼬질한 머리카락 옆에다 대고 멜로익 사인°을 취하는 모습이 사가시마의 컴퓨터 화면에 비쳤다. 인터넷 전화에는 화상 통화 기능이 있다. 얼굴을 보며 통화하려니 어쩐지 겸연쩍어서 평소에는 꺼놓지만 오늘은 직접 보며 이야기할 필요가 있을지도 몰라서 켜놓았다.

사가시마가 일련의 동영상을 한 차례 확인하기를 기다렸다는 듯이 어젯밤 늦게 미사카가 전화를 했다.

"어때, 이 녀석의 도전을 받아들여볼까? 정답을 맞혀도 상금은 없고, 애당초 어디에 응모해야 하는지도 몰라. 하지만 뛰어난 추리를 인터넷에 공개하면 이거 대단하다고 사람들이 갑으로 인정할 거야. 레전드로 남을지도 모르지."

출석해도 강의 중에 다른 책을 읽을 뿐인지라 사가시마는 미사카의 제안을 받아들여 하루 동안 트릭을 추리하기로 했다. 그

° 집게손가락과 새끼손가락을 펴고 나머지 세 손가락을 한데 모은 제스처. 사탄 숭배자와도 관련이 있지만, 현재는 다양한 의미로 사용된다.

리고 서로의 추리를 짜 맞추어 최고의 추리를 인터넷에 발표하는 것이다.

"70퍼센트라니, 엄청난 자신감인데. 진심이야?"

"그럼."

"무슨 트릭인데? 아니, 잠깐만. 나도 조금만 더 생각하자. 내일로 미뤄줘. 너무 길어? 그럼 두 시간만. 하다못해 한 시간이라도 줘."

사가시마는 웹캠을 향해 두 손을 모았다. 한 달에 책을 한 권도 읽지 않는 녀석한테 지다니 참을 수 없었다.

"안타깝지만 시간 다 됐어."

"30분."

"이미 늦었어. 너무 늦었다고. 실은 나도 커닝해서 알아낸 거야."

"뭐?"

"어떤 거대 게시판을 들여다봤더니 누가 자신의 추리를 올렸더라고. 그게 너무 완벽해서 다르게 추리할 마음이 안 생기더라."

미사카는 쑥스러운 듯이 앞 머리카락으로 얼굴 절반을 가렸다.

"아이고. 남의 의견에 휘둘릴지도 모르니 인터넷을 살필 때는 조심하라고 주의를 준 게 누구였더라."

"미안. 어쩌다 보니 눈에 들어와서."

사가시마는 웹캠에 대고 가운뎃손가락을 세웠다.

"그건 그렇고 세상은 참 넓어. 그 추리, 새벽 2시 반에 봤거든. 동영상이 올라온 지 다섯 시간 만에 결정타가 나왔다고. 재능 있는 인간은 어디 숨어 있을지 모르는 일이야. 인터넷을 잘만 이용하면 무슨 일이든지 쓸 만한 놈들을 잔뜩 모을 수 있을 것 같더라."

"2시? 그럼 그때 메일 보내지 그랬어."

그 후의 스무 시간은 도대체 뭐였나 싶어 사가시마는 더욱 불쾌해졌다.

"생각하는 즐거움을 빼앗으면 미안하잖아."

"말은 참 잘한다."

"고생했으니 보답은 해야겠지. 판정해줄게."

"판정이라니 무슨 소리야."

"자자. 어떻게 추리했는지 털어봐 보라고."

"됐어. 어차피 틀렸을 텐데."

"아니지, 어쩌면."

"마음에도 없는 소리 하고 있네."

사가시마는 홍, 하고 코웃음을 쳤지만 애써서 마무리 지은 추리를 선보이고 싶다는 인지상정에는 거역할 수 없었다.

"사망 추정 시각은 오전 2시 전후. 그리고 시체는 오전 9시경에 발견됐어. 약 일곱 시간 차이가 나. 이 비어 있는 일곱 시간이 어쩐지 수상해."

결국 사가시마는 이야기를 하기 시작했다.

"오전 2시는 어디까지나 추정 시각이야. 그 시각에 이데이 겐이치의 시체를 확인한 사람은 없다고. 한편 9시쯤에 이데이 겐이치가 시체로 발견된 건 명백한 사실이고. 구급대원이 시체를 눈으로 보고 손으로 만져서 확인했어. 따라서 발견되었을 때 이데이 겐이치가 시체였다는 명제는 절대적이야. 하지만 그전에 언제 죽었는지는 불확실하다고. 슈뢰딩거의 고양이랑 비슷해. 극단적으로 말해 8시 50분에는 살아 있었을지도 몰라. 그리고 8시 55분에 살해 당했을지도 모르지. 그러니까 오전 1시 32분에 나고야에 있던 범인이 도쿄로 돌아와 이른 아침에 이데이를 죽였을 가능성도 고려해야 하지 않을까.

그럴 경우, 해결해야 할 문제가 두 가지 있어. 하나는 1시 반쯤에 402호실에서 난 커다란 소리. 이건 범인과 피해자가 몸싸움을 하다가 책장이 쓰러져서 난 소리라는 해석이 지배적인데, 이데이가 이른 아침에 살해당했다면 1시 반에 난 소리는 뭐였을까?

여기서 한 가지 모순을 알아차렸어. 이데이 겐이치는 수면유도제를 먹었잖아. 손쉽게 죽이기 위해 그랬다고 실행범인 aXe도 인정했어. 그렇다면 1시 반에 난 큰 소리는 뭐지? 범인과 피해자가 격투를 벌이다 소리가 났다는데, 약을 먹은 이데이는 저항도 못하고 살해될 테니 싸움이 벌어질 리 없잖아? 하지만 큰 소리가 나기는 했으니 다른 이유를 찾아야겠지.

이 수수께끼는 어렵지 않아. 사건 발생 시간을 오인시키려고 범인이 트릭을 쓴 거야. 1시 반에는 큰 소리가 울려 퍼졌을 뿐 이데이는 별일 없었어. 지정한 시간이 되면 책장이 쓰러지도록 범인이 미리 장치를 한 거지. 시간의 흐름에 따라 설명할게.

장치는 날짜가 바뀌기 전, 그러니까 7일 밤에 설치했어. 일단 약을 먹여서 이데이 겐이치를 재워. 그러면 자유롭게 행동할 수 있으니까. 다음으로 책장을 쓰러지지 않을 만큼 비스듬히 기울여놔. 바닥 한 귀퉁이에 두꺼운 책을 끼우면 되겠지. 그리고 이데이의 집 열쇠를 훔쳐서 현관문을 잠그고 나고야로 가. 신칸센을 탔

으려나.

나고야에 도착하면 미리 준비해둔 차로 지쿠사 경찰서로 향해. 차 안에서 잔갸 군, 044APD 두 명과 AV채팅을 하면서 일부러 경찰한테 붙잡히지. 그때를 전후하여 저 멀리 3백 수십 킬로미터 동쪽에 있는 반슈초 하우스 402호실의 로봇을 스마트폰으로 원격조작해 책장을 넘어뜨려. 불안정한 상태로 세워뒀으니 힘을 조금만 가해도 넘어질 거야. 이게 바로 맨션 사람들이 들은 커다란 소리야. 이때 이데이 겐이치는 수면유도제를 먹고 깊은 잠에 빠져 있어서 책장이 쓰러져 아래층 사람이 찾아온 줄도 몰랐어.

한편 나고야에서 붙잡힌 범인은 지쿠사 경찰서원의 끈덕진 직무질문에서 겨우 해방돼. 그리고 바로 채팅을 마무리하고 급히 도쿄로 되돌아가. 신칸센이 없을 시간이니까 차로. 이른 아침에 반슈초 하우스에 도착하면 열쇠로 현관문을 열고 402호실에 들어가서 여전히 잠에 푹 빠진 이데이를 살해해. 일을 마친 다음에 현관으로 나가서 이데이의 열쇠로 문을 잠그고 반슈초 하우스에서 멀리 떨어진 곳에서 로봇을 원격조작해 도어가드를 채우면 밀실 완성."

"좋아, 좋아."

미사카가 양손 엄지손가락을 쳐들었다.

"하지만 두 번째 문제가 해결된 건 아니야.

이데이 겐이치의 사망 추정 시각은 오전 2시 전후. 맨션 사람들은 하나같이 그쯤에 402호실에서 큰 소리가 났다고 증언했어. 책장 트릭이 성공한 거지. 하지만 사망 추정 시각은 사람들의 증언으로 결정되는 게 아니야. 어느 정도 참고야 하겠지만, 제일 중요한 건 검시 결과지. 의학에 조예가 깊은 전문가가 시체를 검사한 결과 오전 2시 전후에 사망했다는 결론을 내렸다고. 하지만 실제로는 새벽녘에 죽였어. 과연 전문가가 몇 시간이나 오차를 범하도록 할 수 있을까?

경찰은 사고로 처리할 작정이라니까 사법부검은 하지 않았겠지. 요즘은 일손과 설비가 모자라서 부검을 생략하는 경우가 많다고 들었어. 부검을 하지 않으면 위 내용물은 조사하지 못하니까 사망 추정 시각의 정확성을 문제로 거론할 수 있어. 시체의 온도를 변화시켜 사후 경과 시간을 속이는 단골 트릭이 통용될지도……. 아니, 통용될 리 없지. 죽은 지 며칠이나 지났으면 모를까 한나절도 안 지났잖아. 그렇게 새로운 시체를 검사했는데 사후 경과 시간에 몇 시간이나 되는 오차가 생기다니, 검시의가 술이 덜 깨서 체온계 눈금도 못 읽을 정도가 아닌 한 그럴 일은 없어. 즉, 이데이가 이른 아침에 살해당했다는 가설은 성립되지 않을 것 같아."

사가시마는 한숨을 섞어 말하며 고개를 저었다. 그때 미사카가 뚱딴지같은 소리를 입에 담았다.

"최종 답변?"

"아니야. 지금 추리는 아무래도 틀린 것 같다고, 응?"

어느 틈에 미사카는 제이슨 마스크를 쓰고 있었다. 아니다, 판지로 직접 만들어 마스크라기에는 매우 조잡한 가면이었다.

"전부터 한번 해보고 싶었거든. 오해는 하지 마라. 사람을 죽이고 싶었다는 게 아니야. 물론 고양이도 안 죽여. 이 모습으로 '최종 답변?'이라는 말을 해보고 싶었어. 자, 최종 답변?"

미사카는 커터칼을 비스듬히 휘둘렀다. 손도끼 대신인가. 기가 막힌 사가시마가 잠자코 있자 미사카가 다시 한 번 물으며 커터칼 끝을 카메라에 들이댔다.

"최종 답변?"

"알았어, 최종 답변. 이제 '유감입니다', 그러고 싶겠지."

"축하해!"

"어? 내 추리가 정답이야?"

"당당히 제4위에 입성."

"4위?"

"네티즌 지지율 제4위."

"뭐라고?"

"이번 '시청자에 대한 도전'을 정리한 사이트가 있거든. 아무나 자유롭게 자기 추리를 게시판에 올릴 수 있어. 그리고 어느 추리가 맞다고 생각하는지 투표도 하고 있고."

"우아, 엄청 빠르네."

"심야에 난 큰 소리는 로봇을 사용한 위장이고, 실제로는 나고야에서 돌아와서 이른 아침에 죽였다. 이게 네 번째로 높은 지지를 받았어. 게시판에 올라온 백 가지 가까운 추리 가운데 넘버 포라고."

"그래……."

진상은 단 하나일 테니 네 번째든 백 번째든 마찬가지 아니겠느냐고 사가시마는 생각했다.

"그러고 보니 너 아까, 몇 가지 방법이 떠올랐다고 했잖아?"

"응."

"이것 말고 다른 추리도 있구나."

"'몇 가지'를 구체적인 숫자로 환산하면 두 가지야."

"다른 하나도 말해봐. 백 가지라면 모를까 하나 정도는 기꺼이 들어주지."

"음, 이건 황당무계한 이야기인데."

"그거 맞을지도 몰라. 지지율 제1위도 엄청 황당무계하거든."

"그래?"

"그러니까 말해봐. 들어봐야 알지."

"그럼 부끄럽지만."

사가시마는 앉음새를 바로하고 두 번째 추리를 펼쳤다.

"이 추리는 개인적인 불만이 출발점이야. 동영상 공유 사이트의 재생화면은 별로 안 크잖아. 컴퓨터 화면 전체를 사용하는 게 아니라 그 안의 작은 창으로 보는 거니까. 우리가 본 동영상은 그 작은 창 속에 열린 최대 다섯 개의 더 작은 채팅 창을 캡처한 영상이니까 채팅 창 속의 세밀한 움직임은 알아볼 수 없어. 제이슨 마스크랑 다스베이더 마스크의 차이는 분명하지만, 연분홍색 덩어리를 깨물어봤자 그게 어묵인지 아이스바인지 우이로인지는 구분이 안 간다고. 전체화면으로 볼 수도 있지만, 그러면 화질이 나빠지니까 어떻게 보든 세세한 부분은 못 알아봐.

세 번째 동영상에서 aXe가 차를 운전하면서 채팅을 하잖아. 그러다 웹캠을 차 밖으로 돌리고 건물 옥상을 보라거나 신호등 표지판을 보라고 시키지. 옥상의 간판 같은 네모난 물체는 그럭저럭 보이지만 거기 뭐라고 적혔는지는 안 보여. 글자가 적혔는지 안 적혔는지도 못 알아본다고. 신호등도 마찬가지야. 그때 이런 생각이 들더군. 여기 정말로 지쿠사 경찰서 맞나? '신주쿠 경찰서'라고 쓰여 있어도 우리는 모른다고.

그래, aXe가 나고야에 있었다는 건 거짓말 아닐까. 도쿄에 있었는데 나고야에 있던 척한 거지. 교통위반으로 붙잡힌 곳도 도쿄의 한 경찰서 앞이고. 도쿄에 머물다가 채팅을 마치고 서둘러 반슈초 하우스로 가면 2시가 지났을 때쯤에 이데이를 살해할 수 있겠지. 그럼 사망 추정 시각은 완전히 일치해. 하지만 이 설이 성립하려면 넘어야 할 장애물이 많아. 문제점을 들어볼게.

❶ 2시가 지났을 때쯤 살해했다면 1시 반에 들린 커다란 소리는 뭘까? 이건 아까 전 추리, 이른 아침 살해설과 마찬가지로 로봇을 원격조작해 책장을 넘어뜨려서 해결할 수 있어. 채팅을 하면서 스마트폰으로 조작한 거지.

❷ 교통범칙 고지서는 지쿠사 서에 소속된 경찰관이 발행했고 위반 장소로 나고야의 지명이 기재됐어. 하지만 진짜 고지서가 아니라 사진이니까 화상 편집 소프트웨어로 얼마든지 고칠 수 있지. 도쿄에서 받은 고지서의 위반 장소와 발행한 경찰관에 관한 부분을 나고야 지역으로 바꿔치면 돼.

❸ 거기가 나고야라는 제삼자의 증언이 있어. 잔갸 군과 044APD가 채팅을 하다가 지쿠사 경찰서의 간판과 신호등 표지판의 글씨를 읽었지. 나는 확인 못 했는데 어떻게 그들은 알아봤

을까. 그들은 더 크고 선명한 영상으로 봤거든. 인터넷에 올라와서 우리가 본 동영상은 그들의 컴퓨터 화면을 축소한 영상이지만 그들은 그걸 원래 크기로 봤어.

이걸 뒤집기란 아주 어렵지. 일단 '지쿠사千種 경찰서'랑 '지쿠사 경찰서 남쪽'이라는 비슷한 문구를 착각하게 할 수는 없을까 하는 생각을 해봤어. 조사해보니 도쿄에 센주千住˚ 경찰서라는 데가 있더라. 사진을 보니까 두 경찰서 건물은 색깔만 조금 다를 뿐 형태와 크기가 아주 비슷했어. 밤에 찍은 비디오 영상이라면 꼭 닮아 보일 거야. 하지만 센주 경찰서 옥상에는 간판이 없어. '센주 경찰서 남쪽'이라는 신호등 표지판도 없고. 경찰서 앞 도로도 지쿠사 경찰서는 중앙분리대가 있는 큰 도로지만 센주 경찰서는 그렇게 까지 넓지 않아.

미나미센주南千住 경찰서라는 데도 있어. 하지만 이쪽도 옥상에 간판이 없지. '미나미센주 경찰서 앞'이라고 얼핏 보기에 비슷한 표지판이 달린 신호등이 서 있기는 하지만 그쪽 길은 중앙분리대가 없는 왕복 2차선이야. 그 밖에 착각을 일으킬 만한 경찰서는 도쿄에 없었어.

그럼 이런 건 어떨까. 호시쿠마 상제사千隈葬祭舍˚˚라는 민간 시설을 지쿠사 경찰서 건물로 믿게 만든 거지. 밤에 찍은 비디오 영상이라면 가능하리라고 봐. 하지만 그 부근의 신호등 표지판에 '호

˚ '지쿠사'와 발음은 다르지만 한자가 비슷하다.
˚˚ 상제사란 한국의 상조업체와 비슷한 개념의 업종이다.

시쿠마 상제사'라고 적혀 있을 리는 없겠지. 유명한 기업이라면 모를까 공공 표지판에 그딴 이름이 들어갈 리 없잖아. 게다가 경찰서 앞이라서 일부러 붙잡힐 수 있었던 거야. 민간 시설 앞에 경찰관은 안 서 있어.

따라서 도쿄의 어떤 곳을 나고야 지쿠사 경찰서 부근으로 위장하는 건 거의 불가능해."

사가시마는 항복이라는 듯이 두 손을 어깨 높이로 쳐들었다.

"인터넷을 돌아다니다 보면 종종 나 같은 건 도저히 비교도 못할 만큼 지식과 기지와 행동력을 갖춘 사람을 만날 때가 있지. 그런 만남이 인터넷의 매력이기도 해."

미사카가 느닷없이 말했다.

"'3of9 (5월 8일)' 영상을 검증한 녀석이 있어. 간판 글씨를 읽어 내려고 명암과 채도를 손본 녀석은 몇백, 아니 몇천 명은 될 거야. 나도 해봤어. 하지만 글씨는 못 알아보겠더라. 보통은 거기서 그만두겠지. 하지만 그 대단한 녀석은 다른 방향에서 접근을 시도했어. aXe처럼 비디오 촬영을 하면서 차로 지쿠사 경찰서 주변을 달린 거야. 그리고 창밖의 풍경 및 주행 시간을 비교 검증했지. 그 결과 '3of9 (5월 8일)' 영상은 나고야 지쿠사 경찰서 주변이라고 단정 지었어. 정말 대단하다니까."

"우아, 내 가설은 완전 물 건너갔네."

"말하는 것치고는 별로 의기소침해 보이지 않는데. 아까, 도쿄의 어떤 곳을 나고야 지쿠사 경찰서 부근으로 위장하는 건 거의 불가능하다고 했지?"

"응."

"'절대'가 아니라 '거의'라면 위장할 수 있는 가능성이 1퍼센트는 있다고 여기는 거 아니야?"

"기껏해야 0.1퍼센트야. 아니, 그것의 10분의 1."

"동영상을 검증해서 촬영 장소가 나고야임이 확정됐다는 정보를 들었는데도 0.01퍼센트가 남았다고?"

"응."

"자세히 말해봐."

"웃으면 안 돼."

그렇게 못을 박으면서 사가시마 자신이 웃고 말았다.

"지쿠사 경찰서와 비슷한 곳이 도쿄에 없다면, 지쿠사 경찰서와 비슷한 곳을 도쿄에 만들면 되지. 그것 봐, 웃었네."

"안 웃었어."

제이슨 가면을 쓰고 있어서 웃었는지 안 웃었는지 확실하지 않았다.

"지쿠사 경찰서랑 그 부근 거리, 그리고 건물을 일대일 비율로 도쿄에다 만들어놓고 거기를 차로 달리는 거야. 건물 형태, 가로수 종류, 전신주 간격, 간판 글씨, 전부 실물과 똑같으면 실제로 지쿠사 경찰서 주위를 달려서 동영상과 비교 검증해도, 차창 밖 풍경과 교차로에서 교차로까지의 거리는 일치할 테니 똑같은 곳이라고 판단하겠지. 똑같이 만든다고 해도 차창을 통해 보이는 풍경일 뿐이니까 건물과 도로를 진짜로 만들 필요는 없어. 종이 세공품이나 연극 배경 같은 그림이면 충분하다고. 그렇다면 경찰관

역시 가짜겠지. 무명 배우를 고용해서 연기를 시킨 거야. 파란 딱지는 컴퓨터로 위조했을 테고. 뭐, 그러면 도쿄에 머물면서 나고야에 있었다는, 부재증명 아닌 존재증명을 만들 수 있겠지만, 이건 현실감이 너무 떨어지지."

사가시마는 다시 웃었다.

"이 밀실살인게이머들은 상식적으로 판단하면 안 돼. 떠오른 트릭을 써먹고 싶어서 사람을 죽이는 놈들이잖아. 처음부터 상식과는 거리가 멀다고."

"그야 그렇지만."

"작년에 체포된 모방범 그룹은 트럭 위에다 종이로 커다란 불상을 만들었다가 하룻밤 만에 없앴어."

"거리 한 구획을 만드는 거랑은 차원이 아주 다른데. 게다가 범인이 아무리 상식이 없어도 극복하지 못할 문제가 있어. 그런 가공의 거리를 도쿄 어디에 만들지? 그렇게 넓은 공터라면 정수장 터에 고층 빌딩이 들어서기 전의 니시신주쿠西新宿나 방송국이 이전되기 전의 다이바台場 아니면 시오도메汐留밖에 없다고. 다마多摩 안으로 깊숙이 들어가면 방치된 농경지가 있겠지만 거기서는 30분 만에 신주쿠까지 못 와.

황당무계한 이야기를 꺼낸 김에 더 말해볼까. 사실 도시 한가운데 남들 모르는 거대한 공터가 있기는 해. 도시형 홍수 대책으로 지하에 조성한 조정지調整地°지. 큰비가 내릴 때 하천 물을 이쪽으

° 물의 양이나 질을 균등하게 하기 위해 설치하는 못.

로 흘려보내. 다시 말해 비가 내리지 않으면 여기에는 물이 없고, 사람도 드나들지 않으니까 지쿠사 경찰서 세트를 만들 수도 있겠지. 조정지에 들어가는 데 필요한 열쇠만 있다면 말이야."

사가시마는 목을 움츠렸다.

"만약 윤택한 자금과 장소를 확보할 만한 권력, 그리고 상식에 사로잡히지 않는 행동력이 있으면 도쿄에 나고야를 만드는 트릭도 가능하다는 말이지?"

"필요한 모든 요소를 기적적으로 다 갖추었다면 그렇겠지. 0.01퍼센트도 너무 높이 잡은 게 아닌지 모르겠다."

"최종 답변?"

가면을 쓴 미사카가 커터칼을 들이댔다.

"또야?"

"최종 답변?"

"그럼, 이걸 최종 답변이라고 치자."

"축하해. 순위가 두 계단 상승했어. 제2위야."

"뭐? 이 트릭이 벌써 나왔다고?"

"응."

"게다가 지지율이 두 번째?"

"그래. 축하해. 역시 1년에 2백 권."

"이런 어처구니없는 트릭은 나만 생각해낼 줄 알았는데."

"인간이 하는 생각은 다 거기서 거기야."

"그건 그렇고 2위라니. 실제로 사용되었을 가능성으로 따지면 아까 전에 나온 이른 아침 살해설이 훨씬 상위권일 텐데."

"신빙성으로 판정을 내린다기보다 인기투표에 가까우니까. 일상에서 달아나고 싶은 기분이 반영되어 거창한 트릭이 인기 있는 거겠지. 전부 정신에 병이 들었어."

"그럼 1위를 차지한 트릭은 도대체 얼마나 거창한 거야?"

"거창한 걸로 따지자면 지쿠사 경찰서를 만들어내는 트릭이 더 거창하지. 하지만 신빙성은 이쪽이 높아. 빈틈이 없어서 높은 지지를 얻은 것 같아. 지지율이 70퍼센트나 된다고."

"여기서 70퍼센트라는 숫자가 나왔구나. 압도적이네. 1위가 7할이나 먹고 들어가면 2위는 쩝도 안 되네."

"솔직히 말해 그렇지. 2위 지지율은 10퍼센트야."

"그럼 그 압도적인 추리는 도대체 뭔지 가르쳐줘."

사가시마는 항복이라는 듯이 양손을 들어올렸다.

"말해도 되겠어?"

"응. 격이 너무 다른 것 같아서 대항할 기력을 잃었어."

"깔끔해서 좋다."

미사카는 입가에 손을 가져가더니 헛기침을 한 번 했다.

"이번 문제에는 한 가지 테마가 있어. 밀실, 알리바이, 특수한 흉기, 암호 따위의 트릭이 아니야. 원격조작이라는 기술이지."

"응? 다시 한 번 말해봐."

"이번 문제에는 한 가지 테마가 있어. 밀실, 알리바이, 특수한 흉기, 암호 따위의 트릭이 아니야. 원격조작이라는 기술이지."

"그거 044APD가 한 말이잖아."

"잘도 아네."

사가시마는 동영상을 스무 번도 넘게 봤고, 열 번째부터는 메모도 했다.

"이번 문제에는 한 가지 테마가 있어. 밀실, 알리바이, 특수한 흉기, 암호 따위의 트릭이 아니야. 원격조작이라는 기술이지.' 그렇게 말한 다음에 044APD는 원격조작으로 완성한 밀실 트릭을 파헤치지. 하지만 그는 여기서 원격조작으로 밀실을 만들었다는 말만 하려던 게 아니야. '이번 문제에는 한 가지 테마가 있어.' 즉, 이번 문제 전체가 원격조작이라는 테마 위에 성립됐다는 말을 하려던 거지. 촬영, 밀실, 알리바이, 살해 따질 것 없이 모조리 원격조작에 관련되어 있어."

"원격조작으로 만든 가짜 알리바이 트릭은 나도 추리했잖아."

"로봇을 이용해 책장을 넘어뜨리는 그거 말이구나. 하지만 원격조작으로 사건을 연출해봤자 검시를 하면 의미가 없고 약으로 잠든 피해자가 저항했다는 모순이 생긴다고, 추리한 너 자신이 부정적이었잖아."

"뭐, 그거야."

"그리고 넌 원격조작 살해에 대해서는 전혀 언급하지 않았어."

"어? 원격조작으로 죽인 거야?"

"그래."

"어떻게? 그것도 로봇으로? 로봇을 이용해 피해자를 때렸나? 아무리 그래도 그건 무리지. 상대는 푹 잠들어서 무방비한 상태니까 로봇 조작이 시원찮더라도 뒤통수를 때릴 수는 있을 거야. 하지만 죽일 만한 힘은 없을 텐데."

"게다가 로봇으로 때려죽이면 로봇에 피해자의 혈액과 모발이 묻겠지."

"아아, 맞아. 경찰이 아무리 의욕이 없어도 그건 놓치지 않겠지. 그럼 뭘 원격조작했는데?"

"핵심적인 질문에 대답하기 전에 동영상 속에서는 아무도 지적하지 않은 모순점을 들어보자. 두 가지인데, 하나는 이미 지금 이 자리에서 명탐정이 지적했어."

"지금? 명탐정이?"

"사가시마 유키오."

"아아…… 내가 뭐라고 그랬는데?"

놀리는 줄은 알았지만 기분이 나쁘지는 않았다.

"약을 먹고 잠든 이데이 겐이치는 범인에게 저항하지 못했을 테니 1시 반에 난 큰 소리는 두 사람이 싸우다 난 소리가 아니라고 그랬지."

"아아, 그거."

"다른 하나는 다다미."

"다다미?"

"피해자는 다다미 위에 쓰러져 있었어. 마룻바닥에 까는 다다미 한 장 크기의 유닛 다다미 위에."

"그게 어쨌는데?"

"다다미 주위에는 책이 어지러이 널려 있었고, 사진 가장자리에는 쓰러진 책장이 찍혀 있었어."

"19번 사진이구나."

"책은 다다미 주위뿐만 아니라 다다미 아래에도 있었어. 이건 '2of9 (5월 13일)' 동영상에서 반도젠 교수도 지적했지."

"맞아."

"명탐정이 순순히 그냥 넘어가면 어떻게 해."

"두 번이나 말하면 빈말이 아니고 비아냥거림이야."

"다다미 아래에 책이 있다는 게 이상하지 않아? 책을 소중히 여기라는 게 아니야. 밑에 책이 들어가 있으면 다다미가 비뚤어져서 앉거나 누우려고 해도 불안정해서 기분 나쁘다고. 이게 피자 배달 메뉴라면 그냥 깔고 앉을 수도 있겠지만, 두께가 있는 책이잖아. 아무리 게으른 남자라도 가만히 놓아둘 리 없어. 하지만 이 사진에서는 다다미와 바닥 사이에 책이 끼여 있지."

"듣고 보니 확실히 이상하네."

"그러면 도대체 어떤 일이 벌어져서 이런 상황이 일어났을까. 범인과 피해자가 싸우다가 책장이 넘어졌다면 책이 다다미 위에 흩어지겠지만 아래로 들어가지는 않아."

"그런 관점에서도 피해자가 범인에게 저항했다는 견해는 부정할 수 있겠다."

"범행 시각을 위장하려고 로봇으로 책장을 쓰러뜨려도 다다미 아래에는 들어가지 않아."

"그렇겠지."

"다다미 아래에 책이 있으려면 다다미보다 책이 먼저 바닥에 놓여 있어야 해. 하지만 책이 바닥에 있었다면 그 위에 다다미를 깔지 않겠지. 우선 책을 치우고 다다미를 깔 거야. 그렇게 하지 않은 건 책 위에 다다미를 까는 행위에 의미가 있었기 때문이야."

어떤 의미가 있어서 그랬는지 생각해보라는 듯이 미사카는 잠시 말을 멈췄다. 하지만 아무 생각도 떠오르지 않아 사가시마가 잠자코 있자 다시 입을 열었다.

"다다미와 바닥 사이에 두께 3센티미터의 책이 한 권 있으면 다다미는 3센티미터 위로 떠올라. 책이 두 권이면 6센티미터. 열 권이면 30센티미터, 쉰 권이면 150센티미터지. 1미터 50센티미터나 되면 떠 있다기보다 책더미에 기대어 세운 느낌일 거야. 150센티미터를 떠우고 싶으면 150센티미터짜리 책더미를 여러 개 만들어서 그 위에 다다미를 얹으면 돼. 다다미 네 귀퉁이에 위치하도록 책더미를 놓으면 안정성이 높아질 거야."

"아?"

뭔가를 예감한 사가시마는 소름이 돋았다.

"네 귀퉁이의 책더미를 더 높게 쌓아올리고 그 위에 얹은 다다미에 드러누우면 남국 리조트의 해먹 기분이 나겠지. 하지만 너무 높으면 일어날 때 천장에 머리를 부딪칠 테니 주의할 것."

"책으로 만든 기둥으로 천장 가까이 올린 다다미 위에 이데이를 눕힌 거야?!"

"그래. 약으로 재운 다음에 접사다리를 사용해서."

"그러고 나서 깨워서 머리를, 하지만 어떻게 깨우지. 어떻게 머리를⋯⋯."

너무나 갑작스러워서 사가시마는 생각이 정리되지 않았다.

"이데이는 블루투스 헤드셋을 끼고 있었어. 뭐에 접속되어 있었을 것 같아?"

"응? 어디 보자, 컴퓨터?"

"여기까지 왔는데도 모르겠어? 그럼 순서대로 설명할 테니까 잘 들어. 책장에서 책을 뽑아 기둥 네 개를 만들고 그 위에 다다미를 얹어. 남은 책은 바닥에 적당히 흩뜨려놓고. 그리고 빈 책장을 가만히 넘어뜨려. 잠재운 이데이의 귀에 헤드셋을 끼우고 전망대처럼 높인 다다미 위에 눕히고 나서 나고야로 이동해. 그리고 이데이의 휴대전화에 전화를 걸어. aXe는 경찰에 일부러 붙잡히려고 차안에서 휴대전화를 사용했지. 그때 걸었을 거야.

장소를 바꿔 도쿄의 반슈초 하우스 402호실로 돌아가자. 휴대전화에 전화가 오자 헤드셋으로 착신음이 흘러나왔어. 범인이 착신음 음량을 최대로 높여두었기 때문에 이데이는 깜짝 놀라서 벌떡 일어났고, 천장에 머리를 부딪쳤어. 뒤통수가 제대로 부딪치도록 엎드린 자세로 눕혔을 거야. 이데이가 세차게 움직이는 바람에 책으로 만든 기둥이 균형을 잃자 전망대가 무너졌지. 바닥에 어지러이 흩어진 책 위에 다다미랑 이데이가 떨어졌어. 맨션 사람들이 들은 커다란 소리는 이때 난 거지. 범행 시각을 오인시키려고 소리를 낸 게 아니라 소리가 난 바로 그 시각에 이데이는 살해당한 거야. 전화를 이용한 원격조작으로."

미사카가 커터칼을 검처럼 들어올리고 우쭐댔다. 마치 자신의 추리를 선보인 것 같았다. 사가시마는 책상에 팔꿈치를 대고 이마에 손을 얹었다.

"못 받아들이겠어? 그럼 받아들이게 해줄게. 뭐든지 물어봐."

"으음. 일단 이데이는 수면유도제를 먹고 잠들었잖아. 휴대전화 착신음을 듣고 깨어날까?"

"수면유도제는 종류가 다양해. 지속 시간이 긴 것도 있고 짧은 것도 있지. 이데이가 먹은 수면유도제는 아주 빠른 시간 안에 작용하는 약이라고 aXe가 설명했어. 복용하면 얼마 지나지 않아 약 성분의 혈중농도가 최고치에 다다르는 만큼 작용하는 시간도 짧은 약이지. 개인차는 있겠지만, 네 시간 정도밖에 효과가 없어."

"음, 그럼 흉기는 천장이라는 거지?"

"' 현장에서 흉기가 발견되지 않았다는 사실 자체가 추리의 요건이기 때문이죠.' 역시 aXe가 꼼꼼하게 힌트를 줬어."

"그건 알겠는데."

"경찰이 현장 검증할 때 왜 발각되지 않았느냐고?"

"응."

"쳐다보았을 때 천장의 혈흔이 눈에 들어왔다면 당연히 자세하게 조사했겠지. 하지만 402호실 천장은 검은색이잖아. 혈흔은 물론 그 밖의 더러운 자국들도 눈에 띄지 않아. 척 보기에 아무렇지도 않은 곳까지 처음부터 과학적인 수사를 하지는 않는다고. 바닥이라면 또 모를까 천장은 안 해."

"그럼, 음, 이게 제일 마음에 걸리는 문제인데. 머리를 부딪쳐도 죽는다는 보장은 없잖아. 오히려 타박상으로 그치는 경우가 많을 걸. 살인 방법치고는 너무 불확실한 방법이야."

그러자 미사카는 그 말이 옳다는 듯이 손뼉을 쳤다.

"이 원격살인에는 실패할 만한 포인트가 몇 군데나 있어. 한번 짚어볼까.

휴대전화로 깨우기 전에 눈을 뜨고 전망대에서 내려온다. 아니면 몸을 뒤척이다가 전망대가 무너져서 바닥에 떨어진다.

전화가 와도 깨지 않는다.

착신음 소리를 듣고 잠에서 깨기는 했지만, 별로 놀라지 않아서 벌떡 일어나지 않는다. 아니면 몸을 천천히 일으켜서 천장에 머리를 가볍게 찧어 혹만 생긴다.

천장에 머리를 세게 부딪쳤지만 부딪친 곳이 이마라서 치명상은 입지 않는다.

뒤통수를 부딪쳐 의식불명 상태에 빠지지만 숨이 끊어지기 전에 구급대원이 도착한다.

시체로 발견되지만 천장에 머리카락이 많이 들러붙어서 경찰이 조속히 진상을 파악한다."

"우아, 생각한 것보다 구멍이 훨씬 많네. 결함 트릭이라고 불러도 되겠어. 그런데 사람을 죽이려는데 이렇게 불확실한 트릭을 쓸까?"

"안 쓰겠지. 입막음을 하려고 죽일 때는."

"응?"

"사람을 죽이는 이상한 행위에 보통이라는 말은 어울리지 않겠지만, 보통 살인을 할 때는 동기가 뭐든 실패는 용납되지 않아. A씨를 죽이려다가 실패했다고 해서 대신 B씨를 죽이려 들지는 않지. 하지만 그들이 지금 하고 있는 건 게임이야. A씨를 죽이는 데 실패했다면 대신 B씨를 죽여도 상관없어. C씨를 죽여도 되고 D

씨를 죽여도 되지. 몇 번이든 리셋할 수 있다고. 살인을 하려고 어떤 트릭을 썼다가 실패하면 다시 시도하든지 트릭 자체를 내버리면 그만이야. 그리고 성공한 경우에만 모두에게 문제로 공개하는 거지. 이건 내 의견이 아니야. 게임에 참가한 본인이 그랬어."

"뭐?"

"동영상 도입부에서 aXe가 액션 영화 주인공론을 펼치잖아. '주인공이라서 무적이 아닙니다. 온갖 위험을 극복하고 살아남은 승자라서 주인공으로 그려지는 거라고요.' 번역하면 다음과 같아. '성공한 트릭이기에 문제로서 빛을 보았다.'

이데이의 원격살인에 실패하면 출제를 그만두고 다시 이데이에게 원격살인 트릭을 시도하든지, 다른 목표물을 찾든지, 그도 아니면 과감하게 트릭을 버리고 다른 트릭을 고안하면 돼. 실제로 aXe는 과거에 트릭이 제대로 작동하지 않아 살인에 실패하는 바람에 출제를 단념했어. 제야의 종을 이용한 트릭이야. 하지만 이번 원격살인은 성공한 덕분에 문제를 냈지. 성공률이 높으냐 낮으냐는 상관없어. 필요한 건 성공했다는 결과뿐이야. aXe가 말하기를, '역사란 승자의 기록이니까요'. 번역하면 '밀실살인게임이란 성공한 트릭을 발표하는 무대다.'"

마치 자신의 주장인 양 미사카는 두 주먹을 불끈 쥐고 열변을 토했다.

"이 해답이 70퍼센트의 지지를 얻었구나. 하지만 정답인지 아닌지는 모르지."

사가시마의 말이 부정적인 것은 트릭 자체를 받아들이지 못해서가 아니라, 자신의 힘으로 트릭을 해명하지 못했기 때문이다.

"조만간 알 수 있을 거야."

미사카가 바로 대답했다. 사가시마는 어째서 그렇게 생각하느냐고 물어보았다.

"범인이 체포될 테니까."

"aXe가?"

"그런 동영상을 올렸는데 수사의 손길이 미치지 않을 리 없지. 경찰 입장에서는 모욕을 당한 거나 마찬가지라고. 위신을 걸고 범인을 찾을걸. 다른 멤버들도 일망타진될 거야."

"그럼 빨리 정답 발표 동영상을 찍어서 인터넷에 올려줬으면 좋겠다."

사가시마는 혀를 날름 내밀었다.

"난 그것보다 첫 공판이 기대돼. 우선 처음에 검찰 쪽에서 기소장을 낭독하고 판사가 기소 사실 인부 절차를 밟을 거야. 기소 사실을 인정하느냐고 물으면 aXe는 이렇게 대답하겠지."

미사카는 일단 말을 끊었다가 커터칼을 카메라에 들이대며 말했다.

"'정답!'"

2008년 5월 20일 밤, 경시청은 도쿄도 신주쿠구 신주쿠 5초메 반슈초 하우스 402호실에서 5월 8일에 발생한 프리라이터 이데이 겐이치 살해 및 시체 유기 혐의로, 신주쿠구 오쿠보 2초메에 거주하는 도도 다쓰오(東堂龍生, 28세, 무직)를 지명수배했다.

  5월 17일 밤, 경시청 통신 지령 센터와 전국 경찰서에 인터넷 동영상 공유 사이트 '브로드캐스트24'에 범죄와 관련된 동영상이 올라왔다는 신고가 다수 접수되었다. 신고된 아홉 개의 동영상에는 이데이 겐이치라는 남성을 살해한 이야기가 담겨 있었다.

  이데이 겐이치는 실존 인물로 열흘쯤 전에 변사체로 발견되었다. 동영상 속에서는 이데이를 살해했다고 주장하는 자가 어떻게 죽였는지 맞혀보라며 동료 같은 자들과 추리게임을 벌였다. 그리고 마지막에는 동영상을 시청하는 불특정 다수를 도발하는 듯한 멘트도 남겼다.

  '두광aXe도젠044군'이라는 이용자가 올린 동영상들은 실제로 일어난 사건에 기반을 둔 악질적인 농담으로도 보였다. 하지만 이야기 속에 공표되지 않은 사실이 다수 포함되어 있었고, 개중에는 실제로 현장에 입회한 사람밖에 모르는 사항도 있었다. 사진 공유 서비스 '픽톨'에 '고바야카와 조지'라는 이름으로 업로드된 사진도 관계자가 아니면 촬영이 불가능한 사진뿐이었다.

경시청 수사 제1과가 생활안전부 하이테크 범죄 대책 종합 센터와 협력해 동영상의 출처를 조사한 결과, 신주쿠구 가부키초의 인터넷 카페에서 업로드되었다는 사실이 밝혀졌다. 60대의 컴퓨터 중 어느 컴퓨터가 사용되었고 이용자가 누구인지도 함께 판명되었다. 회원제로 운영되는 그 인터넷 카페에서는 당국이 지도한 대로 이용할 때 신분증을 제시할 필요가 있었다.

용의자 물망에 오른 도도 다쓰오의 운전면허증에 기재된 오쿠보 2초메의 연립주택을 수사원이 방문했지만, 초인종을 울려도 응답이 없어 집주인에게 요청해 현관문을 열었다. 방 두 개에 부엌으로 구성된 집 안에는 아무도 없었다. 개수대와 세면대는 바싹 말라 있었고, 냉장고에 신선한 식료품은 없었다. 우편함에 쌓인 우편물과 광고물로 보아 도도는 17일 오후에 집을 나간 뒤로 돌아오지 않은 것으로 추정되었다. 방에는 광통신 회선이 깔려 있었고, 브로드밴드 루터도 놓여 있었지만 컴퓨터는 데스크톱과 노트북 둘 다 발견되지 않았다.

집주인의 증언에 따르면 계약할 때 도도 다쓰오는 자신이 회사원이라고 했다고 한다. 계약서에는 직장으로 신주쿠구의 부동산 중개 회사가 기재되어 있었다. 경찰이 조회한 결과 도도는 분명 거기에 근무했다. 다만 3개월 전까지만 그랬다. 도도는 2월 28일 부로 그 부동산 중개 회사를 그만두었다. 형식상으로는 개인적인 사정으로 퇴직했다고 되어 있지만, 사실은 직무태만으로 해고당했다. 무단결근과 무단외출을 밥 먹듯 했을 뿐 아니라 사적인 용도로 컴퓨터를 너무 많이 사용했다고 한다.

퇴직 후의 생활에 대해서는 부동산업자도 몰랐다. 개인적으로 도도와 친하게 지내던 사원도 없었다. 후쿠이현 쓰루가시에 사는 부모에게서도 쓸 만한 정보는 얻지 못했다. 17일 이후로는 본가에 얼굴을 내밀지 않았고 전화나 메일로 연락을 취하지도 않았다.

도도 다쓰오는 고향의 고등학교를 졸업하고 오사카의 사립대학에서 경제학을 전공했다. 학업을 마치고 간사이 지역 유수의 외식업체에 취직했지만 2년도 지나지 않아 그만두고 상경하여 원단 회사에서 일하다 역시 1년 만에 퇴직했다. 이후로도 취직과 퇴직을 되풀이했고, 신주쿠의 부동산 중개 회사도 여덟 달 만에 그만두었다. 쓰루가의 초중고교 동창생, 오사카의 대학 동기, 이리저리 옮겨 다닌 직장의 동료 등등, 그들 가운데 소식이 두절된 도도와 17일 이후에 연락을 주고받은 사람은 아무도 없었다.

도도의 행방은 묘연하여 찾을 수 없었지만, 다른 방면의 수사에서는 큰 진전이 있었다. 반슈초 하우스 402호실에서 도도의 지문이 검출된 것이다. 이데이 겐이치가 죽은 후에도 방은 그대로 남아 있었다. 그가 모아들인 물건이 어마어마하게 많아서 어떻게 처분해야 할지 난감해하던 유족이 일단 집세를 내고 방을 그대로 놓아둔 것이다. 경찰에게는 요행이었다. 문손잡이, 벽, 전등 스위치, 책장 옆판. 도도의 지문은 방 여기저기서 검출되었다. 유닛 다다미와 수십 권의 책에서도.

캐비닛 뒤쪽에 있던 로봇에서도 지문이 검출되었다. 금속 골격이 그대로 드러난 높이 80센티미터쯤 되는 건설 기계 모양의 하이테크 장난감으로 무선 랜 기능이 탑재되어 있어서 전용 리모컨만이 아니라 일반 컴퓨터로도 네트워크를 경유해 조작이 가능했다. 또한 다리 부분에 장착된 캐터필러로 높이 차이가 50센티미터인 현관과 복도를 자유로이 이동할 수 있으며 팔을 조작해 도어가드를 채울 수 있다는 사실이 확인되었다.

도도가 석 달 전에 퇴직한 부동산 중개 회사가 취급하는 물건 중에 반슈초 하우스가 있었다는 사실도 밝혀졌다. 도도는 현장과 피해자에 대해 자세한 정보를 얻기 쉬운 입장에 있었던 것이다.

또한 도도의 연립주택에서 교통범칙 고지서, 통칭 파란 딱지가 발견되었다. 위반자의 성명란에 적힌 이름은 '도도 다쓰오'였고, 위반 일시는 '헤이세이 20년 5월 8일 오전 1시 32분경', 위반 장소는 '아이치현 나고야시 지쿠사구 가쿠오잔길 8-6 부근 도로', 위반 종류는 '휴대전화 사용 등(손에 들고 통화)'이라고 되어 있었다. 아이치 현경 지쿠사 경찰서에 따르면 8일 심야에 경찰서 정문 앞에서 분명 도도 다쓰오에게 교통위반 딱지를 뗐다고 한다. 그는 마스크를 쓰고 차를 운전했고 장난감 손도끼를 소지하고 있었다.

도도의 방에서는 신주쿠구 소재의 멘탈 클리닉 진찰권도 발견되었다. 첫 진료는 2008년 4월 7일. 진찰한 의사에 따르면 도도는 인간관계가 부실하고 장래가 불안해서 잠을 이룰 수 없다고 하소연했다고 한다. 그래서 항불안제와 수면유도제를 처방했지만 다시는 진찰을 받으러 오지 않았다. 이때 처방받은 수면유도제에는 이데이 겐이치의 혈액에서 검출된 화학성분이 포함되어 있었다.

이 같은 사실이 드러난 단계에서 경시청은 도도 다쓰오를 지명수배했다.

세상은 다시 한 번 떠들썩해졌다.

과거에도 실제로 '밀실살인게임'을 즐기는 영상이 세상에 나돈 적은 있었지만, 그것은 범인들이 체포된 후에 경찰의 실수로 유출된 영상이었다. 범인들에게는 자신들의 소행을 제삼자에게 과시할 뜻이 없었다. 하지만 이번에는 범인들이 직접 세상에 영상을 공개했다.

과거의 어떤 사례를 살펴봐도 범인 그룹은 폐쇄된 공간에 소수의 인원만이 모여 게임을 즐겼다. 따라서 어떤 의미에서는 얌전하다고도 할 수 있었다. 그에 비해 이번 범인은 관객을 모았다. 한두 사람이 아니다. 인터넷에다 공개했으니 과장하여 말하면 전 세계 70억 명을 상대로 게임을 선보였다. 일말의 죄악감도 없이.

경찰은 실명과 얼굴 사진을 공개하며 극히 신속히 지명수배를 내렸다. 떠들썩한 세상을 진정시키기 위한 특단의 조치였지만, 동시에 자기 몸에 떨어진 불똥을 털어내기 위한 수단이기도 했다.

제대로 수사도 하지 않고 이데이 겐이치의 죽음을 사고사로 처리하려 한 경찰은 비난 여론에 휩싸였다. 하물며 살인범으로 추정되는 인물이 그러한 사실을 폭로한 만큼 경찰의 위신은 완전히 땅에 떨어졌다. 미디어는 연일 피해자 유족의 분노를 전면에 내세우며 수사 태도를 규탄했다. 이데이 겐이치 사건만이 아니었다. 전국 각지에서 이미 사고사로 처리된 사건들을 파헤쳐서 경찰 조직의 현 상태를 규탄하는 캠페인을 벌였다.

경시청과 각 광역자치단체 경찰은 기자회견을 열어 해명하느라 정신이 없었고, 관할 경찰서는 재조사에 인원 투입을 강요당해 현장은 아주 혼란스러워졌다.

'두광aXe도젠044군'이 올린 동영상 및 '고바야카와 조지'가 올린 사진은 당국의 요청으로 브로드캐스트24와 픽톨에서 일단 삭제되었지만, 그 이전에 자신의 컴퓨터에 저장한 일반 인터넷 이용자가 다시 올렸다. 거듭 삭제해도 다른 이용자가 업로드를 했고 결국 다른 공유 사이트에도 게재되는 사태가 벌어졌다. 개중에는 해외의 위법 사이트도 있어서 국가 권력으로도 확산을 저지할 수 없는 상황에 처했다. 그러자 그 사실이 다시 경찰 비판으로 이어지는 불씨가 되었다.

지명수배가 내려진 지 일주일이 지났지만 도도 다쓰오의 행방은 오리무중이었다.

지명수배가 내려진 지 이 주일이 지나도 도도 다쓰오의 행방은 여전히 묘연했다.

미디어는 계속해서 호되게 질책하며 경찰에 압박을 가했지만 사건에 대한 일반인들의 관심은 점점 식어갔다. 인터넷상에 동영상이 남아 있기는 했지만 조회 수는 거의 변동이 없었다.

바로 그럴 때를 노렸다는 듯이 6월 4일, '동영상 모둠 반점'이라는 유료 동영상 사이트에 '아시다시피'라는 이름으로 동영상 여섯 개가 올라왔다.

1of6 (6월 3일)

"이야, 일약 스타가 됐네요."

[aXe] 창에는 여느 때와 마찬가지로 제이슨 마스크가 큼지막하게 비치고 있다.

"뒈져라."

[잔갸 군] 창에도 평소와 똑같이 수조 속에서 등딱지를 말리는 늑대거북이 비치고 있다.

"텔레비전을 틀었더니 제 얼굴이 떡하니 나오는 게 아니겠습니까. 쏙 빼닮은 사람? 세상에는 자신과 똑같이 생긴 사람이 세 명 있다고 하니까요. 하지만 아니었어요. 틀림없이 저였습니다. 자막이 나왔거든요. 도도 다쓰오 괄호 열고 28세 괄호 닫고. 게다가 지명수배? 이야, 이거 골치 아픈데요."

"이 씨팔 새, 도도 씨. 입 다물어."

"하지만 사진이 말이 아니더군요. 머리 모양이 개판이었어요. 7 대 3 가르마라니, 아아 창피해라. 표정도 딱딱했고요. 그거, 산코 부동산 이력서에 붙인 사진입니다. 그런 게 나돌면 오해받기 십상이에요. 꽃미남은 아닙니다만 외모로 남에게 밀릴 정도는 아니란 말입니다. 말을 하면 괜찮은 사진을 제공했을 텐데. 마음에 드는 사진이 한 장 있습니다. 작년에 마쿠하리멧세*에서 찍은 거예요."

"닥쳐."

"아니면 차라리 제이슨 마스크 사진을 내보내 줬으면 싶었는데. 지명수배 사진이 마스크 맨이라니 분명 세계적으로도 사상 최초일 겁니다."

"닥치라고."

"이야, 그건 그렇고 대번에 시대의 총아로 자리매김했어요. 그거 압니까? 5월 20일에서 21일 사이에 '도도 다쓰오'가 인터넷 검색어 1위에 등극했다고요. 지금도 20위권 안에 올라 있지 않을까 하는데요."

"확 죽여버리기 전에 그쯤에서 그만둬라."

"싫어용."

"이 새끼가!"

"죽이지는 않겠지만 나도 화났어."

[두광인] 창 속에서 다스베이더 마스크를 쓴 사람이 왼손 엄지손가락과 집게손가락을 세워서 권총 모양으로 만든 손을 웹캠 렌

---

* 일본 지바현에 있는 컨벤션센터.

즈에 들이댔다.

"아, 이것 참."

"공개하다니 말도 안 돼."

"굳이 따지자면, 자랑을 좀 하고 싶었거든요."

"이보쇼."

"양해는 구했습니다만."

"못 들었는데."

"마지막까지 시청해주신 댁의 추리는 어떠합니까, 라고 끝을 맺었잖아요. 그건 어떤 식으로 들어도 여기 모인 네 명한테 한 말이 아닙니다."

"연극조로 장난치는 줄 알았단 말이야. 이 채팅을 녹화한 영상을 인터넷에 올리겠다고 똑똑히 말해야 양해인 줄 알 거 아니야."

"말로 표현되지 않은 부분까지 읽어내야 진정한 탐정이 아닐까 하는데요."

"웃기고 자빠졌네."

물론 잔갸 군이 화를 내는 목소리였다.

"저는 유명인이 되었지만 댁들의 정체는 밝혀지지 않았으니 너무 몰아세우지 마십시오. 채팅을 할 때는 모두 맨얼굴을 감추고 목소리도 각각 이펙터로 처리하지 않습니까. 가족이 봐도 저 사람이 우리 집 마사루 짱이나 도시오 짱인 줄은 모른다고요. 컴퓨터도 경찰의 손에 넘어가지 않았으니 로그를 해석해서 댁들을 잡아들일 수도 없어요."

"병신아. 네 녀석이 붙잡히면 만사 끝이잖아. 아니지, 잡히는 건

시간문제야. 지명수배당했다고. 도도 다쓰오, 28세, 무직."

"파출소랑 공중 목욕탕, 역에 수배 사진이 처덕처덕 붙어 있는
데도 체포될 기미가 없는 놈들이 얼마나 많은지 아십니까? 2백
명이 넘는 지명수배범 중에 과반수가 5년 넘게 도망치고 있습니
다. 10년 이상도 20퍼센트나 돼요. 테러리스트 아무개도 그중 하
나고요."

"혜성이 지구에 충돌해도 자신만은 살아남을 거라고 믿는 타입
이로군."

두광인이 목을 움츠렸다.

"설령 체포당해도 댁들 이야기는 입도 뻥긋 안 할 테니 안심하
세요."

"지나가던 개가 웃겠다. 무시무시하게 생긴 형사들이 밤새 닦
달할 텐데 한사코 묵비권을 주장할 수 있다고?"

잔갸 군이 코웃음을 쳤다.

"고문을 하든 감형을 미끼로 꼬드기든 말 안 합니다. 하고 싶어
도 못 하니까요."

"엥?"

"애당초 저는 당신들이 누군지 전혀 모릅니다. 인터넷에서 만
나 인터넷을 통해 이렇게 모여 있을 따름이니까요. 본명과 주소도
못 들었을 뿐더러 맨 얼굴을 본 적도 없어요. 댁들도 지명수배 보
도를 보고서야 이 제이슨 마스크 속에 누가 있는지 알았죠?"

"네 녀석이 불지 않아도 네 녀석 주변을 조사하다 보면 저절로
우리가 드러날걸."

"기억매체는 적절하게 폐기하겠습니다."

"컴퓨터만 깨끗이 처분하면 증거가 사라진다고 생각하다니 아마추어야. 경찰을 얕보지 마라."

"변함없이 간이 콩알만 하군요."

"이런 쌍."

정곡을 찔린 잔갸 군이 폭발했을 때였다.

문제

화면에 열린 텍스트 창에 딱 한 단어가 나타났다.

"그치, 콜롬보 짱. 이 녀석의 경솔함은 문제라고."

044APD는 오늘도 붙임성이 없었다. 창에 비치는 사람 상반신의 실루엣은 그렇다, 아니다, 라는 대답도 없이 키보드를 두드려 의사를 전달했다.

이번 문제

"잉?"

출제해.

"출제?"

밀실이나 알리바이 트릭을 사용해 사람을 죽이고 해결해보라고 문제를 낸다. 여기는 그런 게임을 즐기는 곳이야. 이번 문제는? 누구 차례지? 문제 내.

"야, 인마. 지금은 그럴 때가 아니잖아."

문제 안 낼 거면 돌아가겠어.

"잠깐 기다려. 오늘은 멤버도 다 안 모였다고."
여느 때라면 다섯 개가 열려 있을 AV채팅 창이 네 개밖에 열려 있지 않았다.
"교수는 일로 눈코 뜰 새 없이 바쁘답니다. 어제 참가하지 못한다는 메일이 왔어요. 자기 빼고 진행해도 상관없다던데요."
aXe가 대답했다.
"병신 티 내냐. 당연히 도망친 거지."
"도망쳤다고요?"
"와, 너 병신 중에 상병신이로구나. 도도 다쓰오랑 얽히면 자기도 붙잡힐 거라고 판단한 거라고."
"그렇다면 지금도 도도 다쓰오랑 얽혀 있는 댁은 킹 오브 더 상병신이로군요."
"이 새끼가 보자보자 하니까."
"아카쓰카에 '팜스테이지'라는 극장이 있어."
두광인이 느닷없이 입을 열었다.

"아차, 주소를 명확하게 말해야지. 내가 전에 그걸 가지고 트집을 잡았으니까. 도쿄도 이타바시板橋구 아카쓰카신마치赤塚新町 1초메, 도부東武철도 도조東上본선 시모아카쓰카下赤塚역과 도쿄 지하철 아카쓰카역 사이의 한 귀퉁이에 세워진 잡거빌딩 1층에 있는 극장이야. 이름 그대로 손바닥처럼 비좁지. 객석 수는 60개 정도야."

"어이, 도대체 뭔 소리냐."

"문제 내는 중인데. 내가 낼 차례니까."

"잠깐…… 상황이 이런데도 게임을 하겠다고?"

"교수를 기다릴 필요는 없잖아."

"그놈이야 오든 말든 내버려둬. 우리는 지금 삶과 죽음의 갈림길에 서 있다고. 이 썩어 문드러질 도끼쟁이가 폭주하는 바람에 너도 화를 냈잖아."

"응, 엄청 열 받았어. 하지만 엎질러진 우유를 보고 울어봤자 컵 속에 남는 건 눈물밖에 없지."

두광인은 텀블러를 들어올려 좌우로 흔들었다.

"무슨 개 풀 뜯어먹는 소리래. 지금 당장 저 새끼를 매달아야 속이 후련하겠지만, 일단은 선후책을 강구해야 할 것 아니냐."

"선후책이라. 좋은 생각이라도 있어?"

"지금 모두 함께 생각해보자는 거지."

"상식적인 사람이라면 구체적인 복안을 한두 가지 정도는 준비해놓고 말을 꺼내는 법이야."

"이 어르신은 상식을 뛰어넘는 분이시다."

"예, 예. 뭐, 이럴 때는 섣불리 움직이지 않는 편이 낫겠지. 그것보다 애써 지혜를 짜내어 죽였으니 문제 좀 내자."

"상황이 이런데도 죽였냐?"

"안 죽이면 출제 못 하는걸."

"야, 아무리 그래도 그렇지."

"도도 다쓰오가 지명수배당하기 전에 죽였단 말이야."

"어이, 이 개호로자식이 동영상을 올려서 세상의 관심이 집중됐다고. 보통은 야단스러운 행동을 삼갈 텐데."

"나도 상식을 뛰어넘은 사람이라서."

"이런 망할."

"벌써 죽였으니 어쩔 수 없잖아. 그리고 문제는 신선도가 중요하다는 걸 잊지 말라고. 빨리 출제하지 않으면 경찰이 진상을 밝혀낼 우려가 있어."

두광인은 다스베이더 마스크 뒤통수에다 깍지를 끼고 고개를 살짝 흔들었다.

"합시다!"

aXe가 소리 높여 제안했다.

5월 18일 오후 6시경, 이타바시구 아카쓰카신마치의 극장에서 목이 졸려 쓰러진 여성이 발견되었다. 이런 기사가 났어.

044APD가 한발 먼저 문제에 덤벼들었다.

"멋대로 해라."

잔갸 군이 골 난 표정으로 내뱉었다.

"일단 각자 조사해봐. 그다음에 질문을 받을게. 이렇게 말하고 싶지만 이 사건은 거의 보도되지 않았어. 매스미디어는 아까 콜롬보가 언급한 정도로만 제1보를 냈을 뿐, 속보는 없어. 아마추어 배우이지만 극장에서 연극이 상연되기 직전에 살해당했으니 제법 구미가 당길 법도 한데 말이야. 이유는 액스, 바로 너야."

두광인은 턱을 굼뜨게 움직여 aXe를 가리켰다.

"예?"

"미디어의 관심이 브로드캐스트24의 동영상에만 집중돼서 그래. 사회면 한 귀퉁이에도 못 실린 살인사건도 있을걸."

"아니, 그게."

"뒈져라."

잔갸 군은 한마디해야 직성이 풀리는 듯했다.

"그래서 이번 사건은 처음부터 내가 자세히 설명할 테니 잘 듣도록 해. 그럼, 잠시 후에 계속됩니다!"

두광인은 힘차게 소리를 지르더니 빨대 끝을 다스베이더 마스크 턱 아래로 집어넣고 쭉 소리를 내어 빨았다. 보통 빨대보다 훨씬 길고 두 군데에 주름이 잡혀서 자유롭게 구부릴 수 있는 빨대였다. 빨대의 다른 쪽 끝은 보냉 텀블러에 꽂혀 있었다. 마스크를 쓴 채 물을 마시려고 마련한 방법이다. 두광인은 빨대를 마스크 아래에서 꺼내고 본론으로 들어갔다.

"5월 16일 금요일부터 18일 일요일 사흘 동안 팜스테이지에서

는 혼노지 하루카本能寺ハルカ가 공연하고 있었어. 극단이 아니라 개인 공연, 일인극이지. 제목은 '추모회'. 각본은 기시다 구니오 희곡상을 수상했다는 아무개 씨. 16일은 밤, 17일과 18일은 낮과 밤 2회 공연이었는데 사건은 마지막 날 최종공연을 앞에 두고 벌어졌어.

혼노지 하루카라는 희한한 이름은 다 알다시피 예명이야. 본명은 다나카 아쓰코田中厚子, 36세. 본명이 너무 평범해서 예명을 쓰기로 했다는 건 그냥 내 상상. 그녀는 여배우라는 칭호가 붙을 만한 존재는 아니었어. 아르바이트를 하면서 취미 삼아 무대에 섰지. 일인극 전문은 아니고, 홈그라운드는 대학 시절부터 소속되어 있던 '나카노사카우에中野坂上역의 묏자리 아래'라는 극단인데 다른 곳에 객연 출연하기도 했어. 톰 요크도 라디오헤드를 떠나서 뵤크랑 듀엣을 하기도 했고 R. E. M이나 벡이랑 한 무대에 섰잖아. 〈더 이레이저〉라는 솔로 앨범을 발표하기도 했고. 너무 마니악한 비유라서 미안하다. 뭐, 혼노지 하루카가 일인극을 하게 된 사정은 문제와 전혀 상관없으니까 생략할게.

사건은 낮 공연이 끝나 가볍게 식사를 하고 휴식을 취하다 마지막 공연을 준비할 즈음에 일어났어. 손님이 들기 전이라서 극장 안은 텅 빈 상태였지. 그렇다고 해서 아무도 없었다는 건 아니야. 일인극이라도 길거리 퍼포먼스가 아니니까 공연은 혼자 진행 못해. 연출가가 극장에 와 있었어. 의상과 메이크업은 본인이 알아서 준비했지만 미술 부분은 남에게 맡겼지. 그리고 조명, 음향, 안내 담당 등 혼노지 하루카 말고도 합쳐서 여덟 명이 극장 안에 있었어. 각본을 맡은 아무개 씨는 안 왔고. 희곡집에서 한 편을 쓰라고 허락해줬을 뿐이거든.

처음으로 이변을 알아차린 사람은 안내를 돕던 이시즈카 나오石塚奈央. 상연을 30분 앞둔 오후 6시, 혼노지 하루카 앞으로 배달된 꽃을 들고 대기실에 갔더니 안에 그녀가 쓰러져 있었어. 살짝 벌어진 눈꺼풀 사이로 흰자위가 보였고, 입 주위는 타액으로 범벅이 되어 있었지. 바로 구급차를 불렀지만 구급대원이 도착했을 때는 이미 심정지 상태였고 이송된 병원에서 사망 선고를 받았어. 사인은 경부 압박에 따른 저산소성 뇌손상. 흉기는 무대 의상인 스카프. 이시즈카의 증언에 따르면 발견했을 때 혼노지 하루카 말고 대기실에는 아무도 없었대.

살아 있는 피해자를 마지막으로 본 사람은 연출가 니와 히로아키丹羽弘陽. 낮 공연의 미비한 점을 짚어볼 겸 혼노지 하루카와 둘이서만 대기실에서 회의를 했대. 니와는 5시 정각에 혼노지 하루카를 혼자 남겨두고 대기실을 나섰어. 그 후에 대기실 안팎에서 그녀를 본 사람은 없어.

다만 이시즈카 나오에게 발견되기 직전까지 혼노지 하루카가 살아 있었다는 증언은 많아. 발성과 대사 연습하는 소리가 들렸다는군. 이시즈카 나오도 그 소리를 들었는데 꽃이 배달되었을 때도 들렸대. 이시즈카 나오는 꽃을 받아서 바로 대기실로 가져갔으니까 혼노지 하루카는 꽃이 배달된 후 극히 짧은 시간 안에 습격당한 셈이야.

그런데 한편으로 꽃이 배달되고 이시즈카 나오가 시체를 발견하기까지 대기실에 드나든 사람은 없었다는 증언도 있어. 어때, 슬슬 미스터리다워졌지. 이 수수께끼를 올바르게 이해하려면 대기실의 위치 관계를 파악해야 하니까 극장의 평면도를 보라고. '파인스타'에 올려뒀어."

"파인스타?"

잔갸 군이 되물었다. 방금 전에 멋대로 하라고 내뱉듯이 말했지만 로그아웃하지 않고 남아 있었다.

"정지화면 공유 사이트. 사진 공유 사이트라고도 하지."

"그딴 건 나도 알아. 야, 도대체 무슨 생각이냐. 요전에 도끼쟁이가 사용한 곳이잖아."

"거기는 픽톨. 이번에는 파인스타."

"사이트를 바꿔도 위험하긴 매한가지야. 그날 이후로 그런 종류의 사이트에 대한 감시가 강화됐다는 건 초딩이라도 알 거다."

"매일 몇천 몇만 건이나 올라오는 사진을 전부 훑어보고 사건성의 유무를 판단하려면 과연 얼마나 많은 인원이 필요할까."

"경찰의 눈을 끌 만한 사진이 아니라고?"

"시체 사진은 있지."

"야."

"흰자위가 드러난 눈과 목을 조른 흔적은 안 보여. 멀찌감치 물러서서 찍은 사진이라 그냥 드러누워 있는 것처럼 보인다고. '잭 그리핀'이라는 이름으로 올렸어."

"잭 그리핀?"

"몰라?"

"내가 요새 좀 깜빡깜빡한다."

"투명인간."

"으엥?"

"H. G. 웰스의 『투명인간』에서 투명해지는 약을 개발한 과학자야."

"초딩 때 읽은 소설이라 기억이 가물가물하다."

허버트 조지 웰스의 『투명인간』에서는 그리핀이라고만 나와. 잭이라는 이름은 1933년에 유니버설 픽처스에서 영화화했을 때 붙었어.

044APD가 바로 정정했다.

"파바박 안 떠오르는 게 당연하네. 영화는 안 봤거든."

"예, 예."

파인스타에서 '잭 그리핀'이라는 이용자 이름으로 검색하자 사진 파일 네 개가 나왔다. 개중 하나는 손으로 그린 팜스테이지의 평면도를 캡처한 사진이었다.

"보다시피 문은 하나뿐이고 창문이나 환기구는 없어. 문을 열면 밖은 복도. 복도라고 해봤자 아주 짧아. 나가자마자 오른쪽에 있는 또 다른 문은 극장 입구로 이어져. 대기실을 나서서 왼쪽을 보면 바닥까지 암막이 드리워져 있는데 그 너머는 무대의 왼쪽 끝부분이야. 대기실로 침입하려면 입구 혹은 무대 두 가지 경로 중 하나를 선택해야 해. 자, 이 대목이 중요하니까 잘 들어. 입구와 무대 양쪽 다 사람이 있었어. 그리고 그들은 하나같이 대기실에 드나든 사람은 없다고 단언했지.

입구 쪽에는 이시즈카 나오랑 또 다른 안내 담당 다카하시 마유카高粱麻由華가 있었어. 두 사람은 낮 공연이 끝나고 극장을 떠나 카페에 갔지만, 5시 40분에 돌아와서 밤 공연 안내 준비를 시작했지. 그 후에 물건을 사거나 화장실에 가려고 몇 번 제자리를 뜨기는 했지만 둘 중 하나는 반드시 남아 있었어. 당일 정산할 현금을 맡아가지고 있었거든. 그리고 두 사람 다 대기실에 드나든 사람은 없다고 단언했어. 대기실로 통하는 문은 안내 테이블 바로 옆에 있으니까 열렸으면 반드시 눈에 띄었을 거야.

한편 무대 왼쪽 끝부분에는 미술 담당 미즈오 다케시水尾豪가 있었지. 5시 반쯤부터 대도구와 소도구를 보수하는 중이었어. 무대 위에서 작업할 때도 있었지만, 무대 끝부분으로 드나드는 사람은 눈에 들어와. 그리고 그 역시 무대 끝부분까지 간 사람은 있었지만 대기실 쪽으로 들어간 사람은 아무도 없었다고 증언했어.

아무도 대기실에 안 간 셈이야. 하지만 대기실에서 사람이 살해당했지. 그것참 이상하네. 정말 불가사의해. 도대체 어떤 마법을 쓴 걸까.”

두광인은 고개를 갸웃거리더니 청중의 반응을 즐기듯이 한동안 잠자코 있었다.

그리고 천천히 빨대를 잡고 끝부분을 마스크 속에 집어넣었다.

“아하, 그래서 잭 그리핀입니까?”

aXe가 물었다.

“그래.”

"모노케인이로군요."

"정답."

두광인이 빨대를 문 채 웹캠에 손가락을 들이댔다.

"뭐가 어째서 정답인데? 알아듣도록 설명해."

잔갸 군이 짜증을 냈다.

"모노케인을 사용하면 엿보기, 절도, 살인 뭐든지 마음대로 할 수 있어."

"뭐라?"

"그리핀이 개발한, 물체를 투명하게 만드는 약의 이름이야."

"그런 걸 가지고 있었냐?"

"그딴 게 어디 있습니까. 갓 입학한 초딩도 아니면서 생각하는 수준하고는."

aXe가 어이없어하자 잔갸 군은 시끄러, 죽일 거야, 라고 난리를 쳤다.

"자, 하여튼 간에 유감스럽게도 모노케인을 입수하지 못했는데 나는 어떻게 남들 모르게 대기실에 가서 일을 저질렀을까. 이게 이번 문제야."

말다툼을 말리려는 듯이 손뼉을 치면서 두광인이 다시금 문제를 냈다.

"네 놈이야말로 초딩이로군. 꼬꼬마 스카이워커."

"뭐라고?"

"이상하지도 않고, 불가사의하지도 않고, 마법으로도 안 보인다는 말이다."

"그럼 대답해봐."

"연출가가 대기실을 나선 시각이 5시, 대기실로 통하는 경로가 둘 다 봉쇄된 건 5시 40분. 그럼 그 40분 사이에 대기실에 가면 될 거 아니냐."

"피해자는 6시 무렵까지 살아 있었다고 했잖아."

"남의 말은 끝까지 잘 들어라. 5시에서 5시 40분 사이에 대기실에 간다고 했지, 40분 사이에 죽인다고는 안 했어. 6시가 됐을 때 죽인 거야."

"그러니까 대기실에 갔는데 바로 안 죽였다고?"

"아무렴."

"아무리 짧아도 20분은 기다려야 하는데?"

"누가 대기실 앞 복도에서 내내 서 있으라고 그랬냐. 대기실에 들어가서 앉아 있으면 되지. 범인이 피해자와 아는 사이라면 피해 자도 소리를 지르거나 내쫓지 않을 거야. 뭐, 연극 관계자쯤 되겠지. 그리고 공연을 앞에 둔 여배우는 남을 신경 쓰지 않고 연습을 계속할 거야. 대배우라면 강도가 들이닥쳐도 태연할걸.

민달팽이 꾸물꾸물 나니누네노~.*"

"그리고 6시에 살해를 실행했다."

"아무렴."

"너무 엉성한데."

● 일본 시인 기타하라 하쿠슈가 지은 아이우에오 노래의 일부. 히라가나 50음을 균형 있게 배치해놓아 발성 연습에 많이 사용된다. 일본어 발음은 '나메쿠지노로노로나니누네노'이다.

"덤벼라."

"5시에서 5시 40분 사이에 대기실에 갔고 6시에 죽였다고 그랬지?"

"두말하면 입 아프지."

"그렇다면 아무리 짧아도 20분, 길면 한 시간이나 대기실 안에 머물러야 돼. 왜 바로 죽이지 않지?"

"바로 죽이면 죽이는 의미가 없거든."

"응?"

"가령 5시 15분에 대기실에 갔다고 치자. 들어가자마자 해치우면 5시 20분에는 여유 있게 대기실에서 나올 수 있겠지. 그 시간대에는 무대와 안내 데스크에 아무도 없었으니까 맘대로 드나들어도 목격당할 일은 없어. 잠시 후에 시체가 발견되어 현장 조사가 진행되겠지. 대기실에 마음대로 드나들 수 있었던 시간은 40분 정도다. 그러고 보니 그 이후로는 대기실에서 들리던 목소리가 뚝 끊어졌다. 따라서 범인은 남의 눈이 없는 틈을 타서 대기실에 침입해 살인을 저질렀다. 조사 결과 이런 식으로 진상이 드러나면 그걸로 게임 오버야. 수수께끼고 나발이고 없어. 남 몰래 죽였는데 뭐 어쩌라고. 네가 무슨 좀도둑이냐.

우리가 왜 사람을 죽이냐? 빚을 떼어먹으려고? 회사에서 잘린 나머지 성질이 나서? 그런 흔해빠진 살인이 아니잖아. 수수께끼를 만드는 것 자체가 목적이라고. 죽였지만 수수께끼가 없으면 아무 의미도 없어. 그러니까 6시까지 미뤘다가 살해한 거야. 그러면 대기실 출입자를 지켜보는 목격자가 생기지. 그런 상황에서 살인이 발생하면 투명인간이 범인일지도 모른다는 미스터리가 탄생해. 그렇지?"

"기다린다고 해서 대기실로 통하는 길이 양쪽 다 봉쇄된다는 보장은 없을 텐데."

"아니지. 대기실이 밀실로 변할 확률은 상당히 높아. 공연 시간이 가까워지면 안내 데스크에는 반드시 담당자가 돌아올 테고, 무대에서도 마지막 점검을 할 테니까."

"급조한 추리치고는 꽤 잘 받아치는걸."

"뭣이?"

"그럼 이렇게 찔러 들어가 볼까. 무대 왼쪽 끝과 입구에 사람이 있으면 일을 마친 후에 대기실에서 나가다가 들킬 거야."

"안 나가면 안 들키겠지."

"뭐라고?"

"죽인 후에 물건 뒤에 숨어서 대기실에 머무르는 거야. 그리고 시체가 발견되어 혼란스러운 틈을 타서 탈출하는 거지."

"그건 무리일 것 같은데요. 이봐요, 사진 안 봤죠?"

aXe가 끼어들어서 부정했다.

"사진?"

"파인스타에 있던 사진 말입니다. 극장 평면도 말고도 세 장 더 있었잖아요."

세 장 다 대기실 안을 찍은 사진이었다. 각각 다른 위치에서 광각으로 촬영해 대기실 내부가 구석구석까지 다 보였다. 세 장 다 시체가 찍혔지만 전부 멀리서 찍은 사진이라 표정은 분명하지 않았다. 입은 옷도 흐트러지지 않아 확실히 그냥 누워 있는 것처럼 보였다.

"봐봐, 숨을 곳이 좀 많냐. 화장전化粧前 아래, 접어서 기대어 세운 파이프 의자 뒤쪽, 바닥에 의상을 잔뜩 펼쳐놓고 그 아래에 기어들어가도 돼. 문은 안쪽으로 열리니까 그 뒤에 숨는 고전적인 수법도 사용할 수 있지. 공연의 주역이 쓰러졌단 말이다. 모두 그쪽만 신경 쓸 거야. 약간 허술하게 숨어도 아무도 모를걸."

"숨을 곳은 있지만 시간이 없습니다."

"앙?"

"이 사진은 살해 후에 찍은 겁니다. 시체가 있으니까 당연하죠."

"그런데?"

"안내를 담당한 여성의 증언에 따르면 꽃이 배달되었을 때 피해자는 아직 살아 있었습니다. 그런데 꽃을 대기실에 가져가자 피해자가 쓰러져 있었죠. 꽃이 배달되고 대기실 문이 열릴 때까지 시간이 얼마나 걸릴까요? 기껏해야 3분 정도? 3분 만에 사람을 죽이고 대기실 안을 찍은 다음 몸을 숨긴다. 가능하겠어요?"

"솜씨 좋게 척척 처리하면 얼마든지 가능하지. 어디에서 어떤 각도로 찍을지 미리 정해두면 촬영은 10초 만에 거뜬히 해치울 수 있어. 그리고 문 뒤쪽에 숨을 거면 3초로 충분하지. 그럼 나머지는? 범인은 살해하는 데 3분을 거의 다 사용할 수 있어. 너무 길어서 지루할 정도야."

"권총 방아쇠를 당기는 정도라면 그렇겠죠."

"뭐?"

"아니면 뒤통수를 열 번 때리기에는 충분한 시간이겠죠. 하지만 이번에는 교살이라고요. 목을 졸라 사람을 죽인다, 이거 제법 오래 걸립니다. 1분 정도 조르면 축 늘어지기야 하지만, 그때 힘을 빼면 숨이 되돌아오죠. 확실하게 저세상으로 보내려면 5분은 계속 졸라야 해요."

"막혔어?"

두광인이 고개를 갸웃거리며 찌르듯이 웹캠을 손가락질했다.

"막히긴 누가 막혀. 생명력에는 개인차가 있어. 3분도 안 걸려서 죽을 수도 있다고. 설령 숨통을 끊지 못해도 상관없잖아. 혼노지 하루카를 죽이는 게 목적이 아니니까. 목적은 추리 문제 만들기. 혼노지 하루카를 죽이는 데 실패하면 다른 목표물을 찾아서 다시 시도하면 그만이야. 그리고 성공하면 문제로 내는 거지. 실패한 이야기는 할 필요도 없어. 네 녀석이 저번에 낸 문제도 그랬잖아. 결코 확실성이 높지 않은 트릭이 어쩌다가 성공했을 뿐이라고. 실패하면 다른 목표물을 찾을 생각이었지? 야, 듣고 있냐? 제이슨 마스크를 쓴 네 녀석 말이다."

"제가 시도한 건 간접살인입니다. 트릭이 작동할 때 저는 목표물에서 멀리 떨어진 곳에 있었어요. 실패해도 여유롭게 도주할 수 있으니 다음 목표물을 찾을 기회도 있습니다. 하지만 댁의 이야기대로라면 이번 살인에서는 직접 손을 써야 해요. 그것도 실행 장소는 밀실 상태죠. 실패하면 달아날 길이 없어 현행범으로 체포될 겁니다. 그럼 재시도고 뭐고 없습니다."

"막혔어?"

두광인이 또 웹캠을 손가락질했다.

"시끄러. 범인은 거기까지 고려하지 않았는지도 모르잖아."

"즉, 나는 머리가 나쁘다."

"아니, 그러니까 일반적으로 그럴 수도 있다는……."

"도주할 방법이 없는 환경에서 위험을 감수하지 않아도 이번 대기실 살인을 완수할 수 있는 더 안전한 방법이 있습니다."

aXe가 말했다.

"뭔데?"

"제 입으로 말하기에는 좀."

"뭘 빼고 그러냐."

"저는 한 번 해답을 내놓았으니까요. 아직 대답하지 않은 분이 먼저죠."

"모노레일이라 그랬나?"

"모노케인이요."

"그건 농담이니까 해답으로 안 칠게. 말해봐."

그러자 글자가 나타났다.

용서할게.

"어이, 네가 무슨 스나가 중위*라도 되냐. 이런 장난꾸러기 같으

---

* 에도가와 란포의 「배추벌레」에 나오는 상이군인. 자신의 눈을 망가뜨린 아내에게 '용서할게'라는 말을 남기고 실종된다.

니."

부끄러웠는지 대답은 없었다.

"콜롬보 씨가 허락하셨으니 외람되지만 다시 해답을 내놓겠습니다. 하지만 이건 최종 답변은 아니에요. 가장 표준적인 방법을 제시하는 것뿐입니다. 너무 표준적이라 요즘 이런 트릭은 트릭 축에도 못 들어요. 질리지도 않는지 텔레비전 드라마에서는 가끔씩 써먹습니다만."

"무슨 잡소리가 그렇게 많아."

"아마 댁도 머리 한구석으로는 알아차렸을 겁니다. 하지만 이제 와서 이런 종류의 트릭을 쓰다니 말도 안 된다며 무의식적으로 배제했겠죠. 응? 혹시 무의식적으로 배제할 줄 알고 출제자가 일부러? 해답자의 생각을 어려운 쪽으로 돌려서 단순한 진상을 은폐하려는 심리전술."

"확 죽여버릴까 보다."

"화장전을 보십시오."

'2of6' 동영상은 aXe가 그렇게 말한 부분에서 끝났다.

6월 4일

"화장전이 뭐야?"

사가시마 유키오가 묻자 바로 대답이 돌아왔다.

"구글로 찾아봐."

"에이, 들어놓고 그렇게 무시하기냐. 화장전이 도대체 뭔데? 화장하기 전, 그러니까 맨얼굴이라는 뜻이야?"

"대기실에 있는 붙박이 경대를 가리키는 말이야. 커다란 극장에는 벽에 죽 줄지어 있지만, 팜스테이지에는 세 개밖에 없어."

아침이라고 해도 이미 11시였지만, 오후 강의를 들으려고 집을 나선 사가시마가 몇 걸음 떼기도 전에 비가 내리기 시작했다. 개의치 않고 역으로 향했지만 걸음을 옮길 때마다 빗방울이 굵어져서 우산을 가지러 되돌아갔더니 갑자기 기분이 침울해졌다. 사가시마는 그대로 방에 틀어박혀 게임을 하다가, 미뤄뒀던 텔레비전 프로그램 녹화 영상을 빨리 돌려서 보기도 하고 초콜릿 스프레드를 바른 간장전병도 먹었다. 그때 미사카 겐스케가 보낸 메일이 도착했다.

"동영상 모둠 반점에 가서 '아시다시피'라는 이용자가 올린 동영상을 번호 순서대로 봐."

'아시다시피'가 올린 동영상은 여섯 개였다. 숫자 두 개를 of로 연결한 제목을 힐끗 보고 사가시마는 김이 확 빠졌다. 예전에 본 밀실살인게임 동영상 아닌가. 벌써 수십 번도 넘게 봤다. 국가권력이 삭제에 삭제를 거듭해도 시민들의 힘으로 좀비처럼 되살아나 기하급수적으로 증식하는 바람에 결국 권력이 포기하고 말았다. 인터넷 사회의 그런 무시무시한 저력을 다시 한 번 실감하라는 말인가.

투덜대면서 '1of6'을 재생한 사가시마는 자신도 모르게 오오, 하고 소리를 질렀다. 아니나 다를까 밀실살인게임 동영상이었다.

하지만 예전에 본 원격살인을 테마로 한 동영상이 아니라 전혀 다른 살인이 화제였다. 새로이 살인을 하고 수수께끼 풀이를 하며 즐기고 있었다.

등장인물은 제이슨 마스크와 늑대거북이었다. 얼굴을 감춘 탓에 '두광aXe도젠044군'이 올린 동영상에 나오는 사람들과 동일 인물이라고 바로 단정할 수는 없었다. 과거에도 똑같은 차림으로 게임을 즐기던 그룹이 수없이 존재했다. 하지만 대화를 유심히 들어보니 '아시다시피'라는 이용자가 올린 이번 동영상에 나오는 사람들과 예전에 '두광aXe도젠044군'이 올린 동영상에 나오는 사람들은 동일인물일 가능성이 아주 높아 보였다. 전 국민의 이목을 집중시킨 탓에 신원이 밝혀지고 지명수배까지 당했는데도 다시 사람을 죽이고 그 사실을 공공연하게 떠들고 있었다.

'1of6'에 이어 '2of6'을 보고 파인스타에서 사진 파일 네 개를 다운로드받은 후 사가시마는 미사카에게 인터넷 전화를 걸었다. 1과 2를 순서대로 보고 나서 연락하라고 메일에 적혀 있었기 때문이다. 그 메일에는 3부터는 절대로 보지 말라고도 적혀 있었다.

"그럼 어디 한번 해답을 들어볼까."

"억지 쓰지 마. 몇 번 더 보고 정보를 정리할 시간은 있어야지."

사가시마는 노트북 모니터 윗부분에 달린 웹캠 렌즈를 보고 얼굴 앞에다 손을 세웠다. 화상 통화 기능은 켜두었다.

"괜히 시간만 들여봤자 아무 소용 없어. 그렇다기보다 aXe 말대로 어렵게 생각하면 구렁텅이에 빠져."

"그럼 aXe가 이다음에 정답을 내놓는 거야?"

"따지자면 그런 셈이지."

"따지자면?"

"하여튼 난 그런 줄도 모르고 3을 봤다가 무엇 하나 생각할 틈도 없이 답을 알아버렸다고! 완전 기습공격이야. 제목에다 '스포일러 주의'라는 말이라도 넣어두란 말이야."

미사카는 손에 든 기다란 자를 칼처럼 휘둘렀다.

"그것참 안됐다."

"그래서 3은 보지 말라고 충고한 거야. 그것은 우정, 아니면 사랑?"

"고마워."

"추리하는 희열을 내 몫까지 느끼거라."

"생각하지 말라 그래놓고는."

"생각하지 말라고는 안 했어. 어렵게 생각하지 말라고 했지."

"간단히 생각하라니 뭐 어쩌라는 거야."

"포스를 따라라."

미사카는 플라스틱 자를 좌우로 휘둘렀다. 광선검 대신인 모양이다. 얼굴에는 다스베이더 마스크를 쓰고 있었다. 요전의 제이슨 마스크와 마찬가지로 두꺼운 종이를 잘라 직접 만든 물건이다.

"내가 무슨 제다이나 시스냐?"

"사념邪念을 버리라는 말이야. 처음에 딱 떠오른 생각을 그냥 꺼내봐."

"아무 생각도 안 나."

"아니, 사진을 보고 뭔가 떠올랐을 거야."

"별로."

그렇게 대답하면서도 사가시마는 파인스타에서 다운로드받은 사진을 다시 열어보았다. 한 장은 극장 평면도, 다른 세 장은 대기실 내부 사진이었다.

"평면도는 아무래도 상관없어. 대기실 사진에 주목하라고."

"화장전과 관계 있는 거지?"

"거기 뭐가 있지?"

"거울. 거울을 사용한 트릭? 마술에서 그러듯이 거울을 짜 맞춰서 자신의 모습을 감췄나?"

"아니야. 하지만 그 정도로 진부한 방법이야."

"그렇다면 남은 건…… 이 공구함처럼 생긴 화장도구함?"

"그게 나올 줄 알았지. 하지만 그것도 아니야. 그렇게 묻지 않아도 뭔지 알 만한 물체가 있을 거야. 그 상자랑 똑같이 네모난 물체가."

"네모나다고…… 어? 이거?"

사가시마는 눈을 크게 뜨고 모니터에 얼굴을 가까이 댔다.

"그거."

"설마."

"'설마'는 가능성이 아주 낮은 사태에 사용하는 부사이지, 대상의 가능성이 아예 없다는 뜻은 아니야. 자, 말해봐."

"이거, 카세트라디오지?"

옆으로 기다란 직사각형 몸체의 좌우에 큼지막한 원형 스피커가 달려 있었다. 상단부에는 가늘고 긴 은색 봉이 위쪽으로 비스듬히 튀어나와 있었다.

"맞아. 하지만 카세트테이프는 못 써. 녹음과 재생에는 메모리카드를 사용하지. 그런데도 카세트라디오로 통하다니 신기하다니까."

"아날로그 음반을 팔지 않아도 레코드 가게라고들 하잖아."

"우리 할머니는 전기를 동력 삼아 움직이는 철도차량을 두고 증기기관차라고 불러."

"쌀을 사러 가면서 쌀 팔러 간다고 하기도 하고."

"자자, 그런 건 아무래도 좋아. 이 카세트라디오가 사건이랑 무슨 연관이 있을까?"

"대기실에서 들리던 혼노지 하루카의 목소리는 카세트라디오에서 흘러나오던 목소리이고, 그때 혼노지 하루카는 이미 죽은 상태였다. 설마 그러려고."

사가시마는 쓴웃음을 지었다.

"좀 더 자세하게."

"야, 진짜 이거야?"

"일단 말해봐."

"어디 보자, 연출가가 대기실에서 나간 시각이 5시, 미술 담당이 무대 왼쪽 끝으로 온 시각이 5시 반, 안내 데스크에 사람이 대기하기 시작한 시각이 5시 40분이니까 5시에서 5시 40분까지는 대기실에 자유롭게 드나들 수 있었어. 범인은 이 40분 사이에 대기실에 침입해 혼노지 하루카를 살해했어. 그리고 미리 그녀의 목소리를 녹음한 메모리카드를 카세트라디오 슬롯에 꽂고 재생한 후 대기실을 빠져나가. 카세트라디오는 혼노지 하루카가 가져온 물건이겠지. 그 후 대기실로 이어지는 입구 두 군데는 봉쇄되지만 이미 살해와 도주에 성공했으니까 아무 지장도 없어. 그리고 주변 사람들은 혼노지 하루카의 목소리를 들으며 그녀가 아직 살아 있다고 착각하겠지. 6시에 안내 담당 이시즈카 나오가 발견한 혼노지 하루카는 갓 살해되어 뜨끈뜨끈한 시체가 아니었어. 습격당한 지 적어도 20분은 지난 상태였지.

한 가지 보충하자면 안내 담당 나오 짱이 대기실에 들어가서 쓰러진 혼노지 하루카를 발견했는데도 혼노지 하루카의 목소리가 계속 들리면 트릭이 들통 나서 수수께끼는 물 건너갈 거야. 그러니 나오 짱이 대기실 문을 열기 전에 카세트라디오를 꺼야 해. 그렇다고 너무 일찍 끄면 무대나 안내 데스크에 사람이 오기 전에 '목소리'가 사라져서 역시 수수께끼는 물 건너갈 테지. 나오 짱이 대기실에 가기 조금 전에 끄면 딱 좋을 테지만, 과연 그렇게 마침맞게 끌 수 있을까? 어떤 특정한 시각에 나오 짱을 대기실로 유도하고 그 시각에 맞추어 카세트라디오를 끌 수 있으면 더 바랄 나위가 없겠지.

결론만 말하자면 가능해. 메모리카드에 기록된 음성 파일의 길이를 조절하면 되거든. 예를 들어 45분짜리 음성 파일을 5시 16분에 재생하면 6시 1분에 끝나. 한편 6시에 꽃이 배달되도록 꽃집에 주문을 해둬. 그러면 꽃이 도착한 순간에는 들리던 목소리가 꽃을 들고 대기실로 갔을 때는 들리지 않겠지. 문을 열면 시체가 있을 테니 6시 이후의 짧은 시간에 범행이 일어났다고 속일 수 있어.

그런데 진짜 이렇게 손때 묻은 트릭을 썼어? 자기테이프가 아니라 불휘발성 반도체 메모리를 사용한 건 현대적이지만."

미사카는 사가시마의 질문에는 대답하지 않고 자를 들이댔다.

"최종 답변?"

"뭐, 지금으로서는."

사가시마는 일단 고개를 끄덕였다가 잠깐 기다리라며 웹캠 앞에 손을 내밀었다.

"조금만 더 보충할게. 가령 45분짜리 음성 파일을 준비했는데 대기실에 침입하고 살해하는 데 시간이 걸려서 5시 21분에 재생했다고 치자. 그럴 때는 빨리 돌려서 5분 부분부터 재생하면 돼. 처음부터 재생하면 나오 짱이 대기실 문을 열었을 때 카세트라디오에서 소리가 날 테니까. 6시까지 남은 시간을 계산해서 어디서부터 재생할지 임기응변으로 대응하는 거야. 그리고 메모리카드를 회수 못 하지만 신경 쓸 필요 없어. 대량 생산품이니까 경찰의 손에 넘어가도 판매처에 문의해 구입자를 알아내기는 불가능해."

"최종 답변?"

"틀렸어?"

"네 의사를 확인하는 것뿐이야. 최종 답변?"

"으음, 잠깐만 다시 생각해볼게."

사가시마는 집중하기 위해 눈을 가볍게 감고 지금까지 한 말을 머릿속에서 되새겨보았다. 그리고 아아 그렇구나, 하고 중얼거리며 손가락을 튕겼다.

"배달 시간을 지정해서 꽃을 주문해도 교통 사정 등등의 이유로 제시간에 배달된다는 보증은 없어. 제시간에 배달되지 않으면 타이밍이 어긋나서 카세트라디오 트릭이 무용지물이 될지도 몰라. 확실성을 추구하려면 남에게 부탁하지 말고 스스로 하는 게 제일이지. 즉, 꽃을 배달한 사람이 범인이야. 꽃집 사람으로 위장하면 음성 파일 길이에 맞춰 임의의 시각에 꽃을 배달할 수 있어. 시간을 완전히 통제할 수 있는 거야."

"최종 답변?"

"최종 답변."

사가시마는 얼굴 옆으로 손바닥을 들어올렸다.

미사카는 1초, 2초, 3초 하고 헤아린 후 의미심장하게 입을 다물었다가 자를 획 휘둘렀다.

"틀렸습니다."

"어?"

"네 해답은 aXe의 해답과 거의 똑같아."

"걔, 그 후에 대답해서 틀렸어?"

"응."

"쉽게 생각하라고 한 게 누군데 그래. 카세트라디오에 주목하라고 한 것도 너잖아."

사가시마는 눈살을 찌푸렸다.

"기본적인 부분은 맞았어. 하지만 마무리가 약해. 요컨대 하나 가타지."

"뭐라고?"

"사라지는 마구의 비밀을 풀어냈다며 한바탕 떠들었지만 실은

80퍼센트밖에 알아내지 못해 패배감에 부들부들 떨며 시합 도중에 더그아웃에 틀어박힌 하나가타 미쓰루° 말이야."

"너 도대체 몇 살이냐."

"aXe가 자신의 패배를 인정하지 못해 험한 말을 퍼붓는데 044APD가 홀연히 나타나 나머지 20퍼센트를 보충해서 정답을 가로챘지."

"패턴이 매번 똑같아."

"범행 시각을 위장하려고 카세트라디오를 사용한 건 맞아. 힌트, 카세트라디오를 잘 관찰해."

사가시마는 대기실 사진의 화장전 부분을 응시했다. 마우스를 쥐고 확대해보았다.

"두 번째 힌트. 부자연스러운 곳을 찾아. 불필요하다고 하는 편이 맞으려나."

사가시마는 팔짱을 끼고 카세트라디오를 노려보았다.

"왜 그 카세트라디오가 대기실에 있을까. 혼노지 하루카의 연습을 위해서지? 과거의 공연과 연습 중에서 괜찮았던 부분을 들으며 머릿속으로 이미지를 그리고 대사를 하는 방식을 체크했을 거야. 일기예보를 들으려고 가져다 두지는 않았을 거 아니야."

"라쿠고°° 방송을 듣지도 않았겠지. 아."

사가시마는 퍼뜩 놀라 모니터로 손을 뻗어 카세트라디오의 한

° 1966년 처음 발간된 야구 만화 〈거인의 별〉에 등장하는 선수.
°° 부채 등을 들고 여러 사람을 연기하며 익살스러운 이야기를 펼치는 일본의 전통 예능.

부분을 가리켰다.

"안테나? 안테나 맞지?! 비스듬히 세워진 이 가늘고 긴 봉은 FM 안테나야. 카세트라디오에는 달려 있는 게 당연해. 그런데 어째서 빼놓았을까. 라디오를 들으려고 가져온 건 아니니까 빼놓았을 리 없는데 안테나가 세워져 있어.

범인은 '목소리'를 날려보낸 거야. 혼노지 하루카의 목소리를 담은 메모리카드는 대기실 카세트라디오에 들어 있지 않았어. 범인은 자신이 가지고 있는 재생 장치와 FM 송신기로 혼노지 하루카의 목소리를 송신해 대기실의 카세트라디오 스피커로 내보낸 거야. 혼노지 하루카의 목을 졸라 죽인 범인은 카세트라디오의 펑션 스위치를 FM 전파 수신 상태로 바꾸고 주파수를 자신의 FM 송신기와 일치시켰어. 그리고 카세트라디오 볼륨을 올리고 대기실에서 나갔지. 이렇게 하면 두 가지 이점이 생겨. 하나는 메모리카드라는 물증을 현장에 남기지 않고 일을 마무리할 수 있다는 점. 다른 하나는 재생된 '목소리'를 타이밍에 맞추어 자유자재로 통제할 수 있다는 점. 꽃집 사람을 연기하는 것보다 훨씬 유연한 대응이 가능해.

카세트라디오 본체에 꽂은 메모리카드의 음성을 재생할 때는 미리 재생시간을 정해야 할 뿐 아니라 꽃을 배달할 때도 시간을 엄수해야 해. 이러면 일본의 철도회사만큼이나 정확하게 시간표대로 움직여야 하지만, 자신이 직접 FM 송신기로 목소리를 날려 보내면 재생을 끝내고 싶을 때 재생장치의 정지 버튼을 누르기만 하면 되지. 재생시간은 그때그때의 상황에 맞게 늘리거나 줄일 수 있어. 게다가 꽃집 사람을 연기하면 나오 짱이 얼굴을 기억할지도 모르니까 위험해. 하지만 FM 송신기를 사용하면 재생 시간에 맞추어 꽃을 배달할 필요가 없지. 꽃이 배달되는 시간에 맞추어 재생을 끝내면 되니까 자신은 등장하지 않아도 돼. 꽃은 진짜 꽃집에 배달 시간을 지정해서 주문하고, 극장 입구 근처에서 기다렸다가 꽃이 배달되는 걸 확인하고 나서 '목소리'를 멈추면 끝. 이게 최종 답변."

사가시마는 손목을 비틀며 주먹을 쥐었다.

"이미 늦었어."

미사카는 두 손을 교차시켜 가위표를 만들었다.

"그래도 이게 나머지 20퍼센트가 포함된 완벽한 해답이지?"

"응. 아니다, 1점 감점이야."

"어느 부분에서?"

"나오 짱, 나오 짱 그러는데, 이시즈카 나오는 마흔이 넘은 아줌 씨야."

"어?"

"그럴 수도 있지. 혼노지 하루카가 서른여섯이니까."

"예, 예. 그런 것보다 진짜 이게 정답이야?"

"그렇다니까."

"이게 말이 돼? 녹음된 소리를 흘려보내 살해 시각을 속이는 트릭이 지금까지 얼마나 많이 사용됐는데. 원조는 아마 아날로그 레코드를 사용한 그 작품일걸. 백 년 가까운 역사를 지닌 트릭인데 왜 이제 와서 이딴 짓을. 불휘발성 반도체 메모리와 FM 송신기를 사용해 현대적으로 변형하기는 했지만 못 받아들이겠어. 호의적으로 해석하면 요즘 세상에 이런 트릭을 쓸 리 없다고 해답자가 무조건 배제할 걸 예상하고 허를 찌른 일종의 심리 트릭으로 볼 수도 있겠지만, 너무 약삭빨라서 짜증 나."

사가시마는 이야기를 하다가 점점 화가 났다.

"이 문제의 의도는 그게 아니야. 다음 트릭과 대비하기 위해 꼭 사용할 필요가 있었다고."

미사카는 의자에 떡 버티고 앉은 채 자로 얼굴에다 부채질을 했다.

"다음 트릭?"

"다음 문제의 트릭."

"아직도 문제가 남았어?"

"탐정님, 그 정도는 바로 알아차려야지. 동영상은 6까지 있다고. 3에서 6을 몽땅 정답 해설에 썼다고 생각한 거야?"

미사카는 마치 자신이 출제하기라도 한 것처럼 교만하게 대꾸했다.

"수수께끼로 쓸 만한 부분이 또 있었나?"

"계속해서 보면 알아. 다만 5까지만 봐."

"6이 해답편?"

"응. 아, 하지만 신경 쓸 것 없이 쭉 봐도 상관없겠다."

"스포일러인데?"

"생각해봤자 시간 낭비니까."

"그렇게 어려워?"

"응. 장난 아니야. 절대 못 맞힐걸. 진짜 그런 트릭이 가능하긴 한가. 말도 안 돼. 그런 이론이 실제로 있다고는 하지만 도저히 못 믿겠어. 출제자 본인이 그렇다니까 믿을 수밖에 없지만."

미사카는 자를 흔들흔들하며 구시렁거렸다.

3of6 (6월 3일)

aXe가 카세트라디오를 사용한 범행 시각 오인 트릭을 설명했다.

두광인의 판정은 '오답'.

틀릴 리 없는데 비겁하다며 aXe가 흥분한 목소리로 떠들어댔다. 이건 자신의 최종 결론이 아니라 가장 표준적인 생각에 지나지 않다고 서론을 깔았는데도 역시 분한 모양이었다.

044APD가 FM 송신기를 사용한 트릭을 담담히 타이핑했다.

두광인이 '정답' 판정을 내렸다.

4of6 (6월 3일)

"야 인마, 적당히 좀 해. 문제 꼬라지가 그게 뭐냐."

잔갸 군이 분노를 뛰어넘어 아예 어이가 없다는 듯이 말했다.

"그게, 오늘은 교수가 없잖아."

두광인이 큭큭 웃었다.

"뭔 소리래?"

"교수 대신 그 녀석의 특기인 힘이 쭉 빠지는 문제를 내본 거야."

"깝치고 있네. 교수는 어제 결석하겠다고 연락했어. 네 놈은 두 주일도 전에 혼노지 하루카를 죽였고."

"농담 한 번 한 것 가지고 정색하기는."

"이 새끼."

"귀공은 뭐가 그렇게 불만인가."

두광인은 한쪽 팔꿈치를 짚고 마스크를 쓴 얼굴을 도발적으로 내밀었다.

"너무 닳고 닳아서 반짝반짝 윤이 날 것 같은 트릭이라 그런다. 도대체 우리가 여기 왜 모여 있냐? 새로운 자극을 얻기 위해서잖아. 네 놈한테는 전례가 없는 트릭으로 승부해야겠다는 기개도 없어? 한심해. 변화를 주었다고는 하지만 너무 성의가 없다고. 뻔히 다 아는 걸 내가 꼭 입 아프게 말해줘야 하겠냐."

"호오, 닳고 닳은 트릭은 쓰면 아니 된다?"

"당연하지."

"전례가 없어야 훌륭하다는 말인가?"

"그러하네. 아우 씨, 교수 말투가 옮았네."

"알았네. 잔갸 군님, 지금 귀공이 한 말을 똑똑히 기억하고 있게나."

"엥?"

"그럼 제형, 두 번째 문제로 가볼까. 에이, 귀찮으니까 교수 흉내는 이만 끝. 어처구니없는 트릭이라 미안하게 됐다. 사죄의 뜻으로 물고 뜯는 맛이 있는 문제를 낼게. 너무 딱딱해서 이가 빠져도 난 모른다."

"두 번째 문제?"

"그래, 두 번째 문제. 저번에 액스가 알리바이 무너뜨리기랑 밀실의 2부 구성으로 나왔기에 대항해봤지. 하지만 재탕은 아니야. 이쪽은 2화 구성이니까."

"혼노지 하루카 살해 사건에 수수께끼로 쓸 만한 부분이 또 있었나? 대기실에 암호문이라도 떨어져 있었어?"

"아."

aXe가 숨을 삼키는 듯한 목소리를 토해냈다.

"제가 대답해도 될까요?"

"아직 문제 안 냈는데."

두광인이 어리둥절하다는 듯이 고개를 내밀었다.

"알아차렸습니다. 더불어 답도요."

"이야."

"누가 혼노지 하루카를 죽였는가."

"내가 죽였는데."

"나란 누구인가. 인터넷상에서 '두광인'이라는 닉네임으로 활동하는 남자, 다스베이더 마스크 아래에 감춰진 맨얼굴은."

aXe는 거기서 말을 끊고 잔뜩 뜸을 들이다가 말했다.

"너는 니와 히로아키다!"

그러면서 제이슨 마스크 앞으로 손도끼를 비스듬히 내리쳤다. 두광인은 아무 반응도 보이지 않았다.

"끽 소리도 못 하겠습니까?"

"미와 아키히로° 라고?"

잔갸 군이 딴청 부리듯이 말했다.

"니와 히로아키요. 연출가 말입니다."

"다스베이더 경이?"

"잘 들으세요. 혼노지 하루카는 5시에서 5시 40분 사이에 살해 당했습니다. 낮 공연과 밤 공연 사이에 해당하는 시간대라 극장에 손님은 없었습니다. 휴식을 취하느라 관계자 중에는 극장 밖으로 나간 사람도 있었고요. 즉, 외부인이 극장에 침입할 수 있는 상황 이었죠."

"그런데?"

"외부에서 침입할 수는 있습니다만, 누가 언제 어디에 있는지 모르니까 '운'이라는 요소가 많이 작용할 수밖에요. 아무도 없는 줄 알고 안심했는데 커튼 뒤에서 갑자기 사람이 나타나서 누구냐 고 묻는 상황도 충분히 발생할 수 있습니다."

"그 정도의 위험을 두려워하면 아무것도 못 해."

"그런데 해당 시각에 극장 안에서 그 모습을 목격당해도 전혀 의심받지 않을 사람들이 있습니다. 바로 연극 관계자죠. 연극 관 계자 중 하나가 범인이라면 어떨까요? 외부에서 들어온 제삼자보 다 훨씬 유리하게 일을 진행할 수 있을 겁니다. 관계자 수는 얼마 되지 않으니까 모두의 행동을 파악하기는 수월해요. 누가 외출했 는지, 언제 안내 담당이 준비를 시작하는지, 미술 작업은 어디서

° 일본의 싱어송라이터이자 배우.

하는지, 전부 알면 더 이상 운과는 상관없습니다. 댁도 처음에는 관계자를 범인으로 상정하고 추리하지 않았습니까. 헛다리나 다름없었지만 범인상만은 제대로 짚었습니다."

"잔소리는 집어치워."

"개중에서도 연출가 니와 히로아키는 행동이 제일 자유로웠습니다. 회의를 한다는 명목으로 당당하게 대기실에 가서 살해하고 이제부터 워밍업을 할 모양이라면서 아무렇지도 않은 얼굴로 나와서 녹음한 목소리를 FM 송신기로 방출하면 됩니다. 그렇죠, 니와 히로아키 씨?"

"아니걸랑."

"댁한테 안 물었습니다. 다스베이더 경, 인정하죠?"

"안타깝지만 아니야."

두광인은 천천히 고개를 저었다.

"추한 모습 보이지 마시고 그만 단념하세요."

"첫째, 증거가 없어. 상황증거 역시 너무 약해."

"그렇고말고. 가까운 사람이 범인이면 재미있겠다는 생각만으로 지껄이는 거잖아."

잔갸 군이 거들고 나섰다.

"둘째, 가령 내가 니와 히로아키라는 증거가 있고, 혼노지 하루카를 죽였다고 치자. 그런데 뭐 어쩌라고?"

"범인이 누군지 맞히는 것 아닙니까?"

aXe는 적잖이 당황한 것 같았다.

"아무래도 너무 앞질러 간 것 같은데. 두 번째 문제가 혼노지 하루카를 살해한 범인 맞히기라고 내가 언제 그랬어?"

aXe는 아무 대답도 하지 않았다.

"난 2화 구성이라고 했어. 2부 구성이 아니라 2화 구성. 한 이야기에서 다른 부분을 언급하는 게 아니라, 다른 이야기를 제재로 삼겠다는 뜻이야. 즉, 다른 살인사건에 관한 문제지. 이제 이해하겠어?"

aXe는 여전히 말이 없었다.

"야, 오늘 하루는 완전히 글러먹었구나. 안됐다."

천적에게 위로를 받는 꼴이었다.

5of6 (6월 3일)

두광인이 두 번째 문제를 냈다.

"이번 사건도 예전의 동영상 소동 때문에 별로 보도되지 않았어. 그러니까 내가 자세하게 설명할게. 1910년에 도쿄부 기타토시마北豊島군 오지마치王子町에 설립된 도쿄 광업공학 대학교는 1982년부터 당시의 이바라키茨城현 쓰쿠바筑波군 이나무라伊奈村로 이전을 시작해 재작년 쓰쿠바미라이시 발족과 때를 같이하여 본부와 모든 학부의 이전을 완료했어. 명칭도 일본 미라이 대학으로 바뀌었지. 전통적인지 미래적인지 알쏭달쏭한* 이 대학교에서 지난

● 일본어 '미라이(みらい)'에는 미래라는 뜻도 있다. 다만 이 명칭의 유래와는 상관없다.

달 20일에 개교 사상 첫 번째 살인사건이 일어났어."

"20일이라고?"

잔갸 군이 의아하다는 듯이 물었다.

"그래, 5월 20일."

"18일에 혼노지 하루카를 죽인 것 아니었냐?"

"그런데."

"이틀 만에 또 죽인 거야?"

"응."

"이야, 너 엄청 터프하구나."

"고마워."

"팜스테이지 사건이야 뭐 원래 있던 반찬으로 밥상 차린 격이니까."

"군말은 하지 마."

두광인은 가운뎃손가락을 세우고 다시 본론으로 돌아갔다.

"일본 미라이 대학교 쓰쿠바 캠퍼스 서쪽 가장자리에 다른 학과와 격리된 것처럼 8층짜리 물리학과 건물이 홀로 서 있어. 공학부 응용물리학과 물질 공학 연구실은 그 건물의 6층에 있지. 연구실의 수장은 인공유전체 및 인공자성체 연구의 선구자, 이토 히사히데伊東久英 교수. 보스의 이름을 따서 학교 관계자들은 이 연구실을 보통 이토 연구실이라고 불러.

이토 연구실은 물리학과 건물 6층의 반을 차지해. 나머지 반은 같은 학과의 나카마치中町 연구실이야. 이토 연구실의 크고 작은 방 아홉 개 중에 학생들은 두 개를 써. 하나는 학부생용이고 다른 하나는 대학원생과 연구생용. 사건은 두 번째 방에서 일어났어.

5월 20일 오전 11시경, 대학원생과 연구생들 방인 617호실에서 박사 과정 1년차 미조구치 히토시溝口日登志가 피를 흘리며 쓰러진 채로 발견됐어. 등에 식칼이 꽂혀 있어서 바로 구급차를 불렀지만 이송된 병원에서 사망 선고를 받았지. 사인은 급격한 혈압 저하로 인한 외상성 쇼크. 칼에 찔린 상처는 폐까지 다다를 정도였어. 그 밖에 뒤통수를 얻어맞은 흔적도 있었고. 따라서 우선 뒤통수를 얻어맞아 저항력을 잃은 후에 등을 찔린 걸로 추정돼.

흉기인 식칼은 나카마치 연구실과 같이 쓰는 6층 급탕실에 예전부터 있던 물건이야. 머리를 때리는 데 사용한 흉기도 현장에 남아 있었어. 이토 연구실의 대학원생이 가져온 2킬로그램짜리 철 아령인데 617호실에 계속 방치되어 있던 물건이야.

그날 미조구치 히토시는 10시 조금 전에 연구실에 도착했어. 그때 617호실에는 이미 학생 세 명이 있었지. 미조구치는 커피를 마시며 10분 정도 그들과 잡담하다가 자기 자리에 앉았어. 그리고 거기서 살해당했지. 11시에 617호실에는 피해자를 제외하고 여섯 명이 더 있었지만 사건을 목격한 사람은 하나도 없어. 방 구조 때문에 그런데 '그라비어 큐브'에 617호실 평면도를 올려뒀으니까 잠깐 가서 봐봐. '잭 그리핀'이라는 이름으로 올렸어."

그라비어 큐브 역시 사진 공유 사이트 중 하나다. '잭 그리핀'으로 검색하자 사진 다섯 장이 있었다. 그중 하나가 손으로 그린 617호 평면도를 캡처한 사진이었다. 학생들의 책상은 벽과 방 한가운데에 배치되어 있었다.

"피해자의 자리는 빨간색으로 별표를 해놓은 곳이야. 보다시피 방의 제일 깊숙한 곳인 데다 앞쪽에는 방의 긴 변에 수직으로 높다란 책장이 세 개 줄지어 있어서 같은 방의 다른 자리에서는 직접 보이지 않아. 피해자와 그 옆의 자리 두 개만이 파티션으로 구분된 듯한 느낌이지.

학생들의 증언에 따르면 미조구치는 10시 10분에 이 격리 구획에 있는 자기 자리에 앉았고, 그 후에 피투성이로 발견될 때까지 거기서 떠난 적이 없어. 다만 10시 40분에는 살아 있었다는 사실이 확인됐지. 미조구치의 컴퓨터에 문제가 발생해서 대학원생 중 하나가 살펴보려고 미조구치 자리로 갔거든. 따라서 사건은 10시 40분에서 11시 사이에 발생한 셈인데, 이 20분 사이에 외부인이 침입했다고는 상상도 할 수 없다는 거야.

일단 617호실 출입구를 확인해두자. 복도로 나갈 수 있는 문은 두 군데야. 하지만 그중에 미조구치의 자리에 가까운 문은 출입구로서의 기능을 잃었지. 사진을 보면 알겠지만, 문에 캐비닛을 바싹 붙여서 세워뒀거든. 복도 쪽에도 로커가 놓여 있어서 문은 절대로 열 수 없어. 이거 소방법상 문제 있는 거 아닌가? 문 말고 또 다른 출입구로는 창문을 들 수 있지. 복도 반대쪽 벽은 위쪽 절반이 창문으로 되어 있어. 옆으로 미끄러뜨려서 여는 아주 평범한 창문이지. 이게 넉 장. 617호실 출입구는 이게 다야.

그럼 지금 언급한 문과 창문으로 침입이 가능한지 검증해볼게. 일단 창문부터. 창문은 전부 크레센트 자물쇠로 잠겨 있었어. 물리학과 건물에서는 1년 내내 중앙집중식 공기 조화 시스템을 가

동하기 때문에 창문은 기본적으로 늘 닫아둔대. 돈 많은 사립대학은 역시 다르다니까. 만약 잠겨 있지 않았더라도 6층이니까 창문으로 침입하기는 불가능하고. 사다리나 로프, 갈고리 따위를 쓰면 침입할 수 있겠지만, 벌건 대낮에 그런 짓을 하면 대번에 남의 눈에 띄겠지. 창문이 열리면 617호실의 학생들도 알아차릴 테고 말이야.

그럼 문은? 결론부터 말하자면 외부인은 드나들지 않았어. 시간 순서대로 설명해줄게.

미조구치가 연구실에 도착한 게 10시. 이때 방에 학생 세 명이 있었다고 아까 설명했지.

미조구치가 자기 자리에 앉은 게 10시 10분. 이 10분 사이에 617호실에 온 사람은 없어.

미조구치가 컴퓨터 문제로 도움을 요청한 게 10시 40분. 이 30분 사이에 대학원생 두 명이랑 학부생 두 명이 617호실을 찾았어. 대학원생 두 명은 그대로 자기 자리에 머물렀고, 학부생 두 명은 볼일을 마치고 나갔지.

그리고 20분 후에 미조구치가 쓰러진 채 발견됐는데, 이 사이에 617호실을 찾은 사람은 연구생 한 명과 학부생 두 명이야. 연구생은 자기 자리에 앉았고 학부생은 금방 나갔어.

드나든 사람은 이게 다야. 수시로 드나드는 업자와 운송회사 배달원, 교수와 조교, 학교 사무직원이 온 적은 없어. 수상한 사람이 들어올 틈은 없었는데 수상한 일이 벌어진 셈이지. 도대체 범인은 어떻게 미조구치를 죽였을까, 이게 두 번째 문제야. 첫 번째에 이어 역시 투명인간 문제야."

두광인은 숨을 한 번 내쉰 뒤 빨대를 마스크 아래로 집어넣었다.

"몇 가지 확인하겠습니다."

aXe가 말했다.

"얼마든지."

"미조구치 히토시 빼고 다른 학생들이 전부 나가 있던 시간대는 없나요?"

목소리를 들어보니 이전 문제에서 받은 굴욕에서 벗어난 것처럼 느껴졌다.

"그 틈을 타서 범인이 침입했다는 거야? 안타깝게도 1초도 없어. 화장실에 간 사람도 없다고."

"학생들이 방에 있어도 문을 살짝 열면 숨어들 수 있지 않겠어요?"

"문이 미조구치 자리에서 얼마나 먼지 도면을 봐봐. 여기로 들어가서 미조구치 자리까지 가려면 학생들 사이를 누비며 방을 가로질러야 한다고. 과연 안 들킬까?"

"그의 자리는 사각인데 학생들은 미조구치가 쓰러진 걸 어떻게 알아차렸습니까?"

"소리로. 미조구치 자리에서 계속 이상한 소리가 났거든. 둔중한 소리, 의자가 삐걱대는 소리, 끙끙 앓는 듯한 신음소리. 학생들은 처음에 또 컴퓨터 상태가 나빠져서 미조구치가 짜증을 내는 줄 알았대. 그래서 좀 전에 컴퓨터를 봐준 고야마湖山라는 대학원

2학년생이 또 봐줄까 싶어서 자리에서 일어났는데 쿠당탕, 하고 엄청난 소리가 났어. 놀라서 달려갔더니만 의자는 뒤집어졌고 미조구치가 쓰러져 있었지."

"그때 미조구치 자리 주변에 사람은 없었던 거죠?"

"있었다면 지금쯤은 철창 신세겠지."

"이른바 격리구획에는 미조구치 자리 말고도 자리가 하나 더 있었습니다. 그 자리에는 주인이 없었나요?"

평면도에는 '시라사카白坂'라는 이름이 적혀 있었다.

"그때까지 안 왔던 모양이야."

"그렇다면 시라사카 씨의 책상 아래쪽 공간에 몸을 숨길 수 있었겠군요."

"시체가 발견되었을 때 옆자리 책상 아래에서 숨을 죽이고 있다가 혼란한 틈을 타 도주했다고?"

"가능성은 있죠."

"그렇다 치자. 그렇다면 범인은 어떻게 방에 들어갔을까?"

"학생이 아무도 오지 않은 이른 아침에 미리 들어가서 기다리고 있으면 됩니다."

"안됐네. 10시 40분에 미조구치의 컴퓨터를 봐준 고야마가 시라사카의 의자를 빌렸어. 책상 아래에 사람이 있었다면 그때 알아차렸겠지. 의자를 꺼내서 앉을 때는 못 보고 지나칠 가능성도 있지만, 의자를 되돌려놓을 때 부딪칠 테니 반드시 들켜."

"그렇군요."

"그 밖에는?"

"저는 이만 물러나겠습니다. 생각할 시간을 주세요."

"썩 꺼져라."

잔갸 군이 aXe와 교대하듯이 질문을 했다.

"설마 내부범의 소행이라는 결론은 아니겠지?"

"연구실의 학생이 그랬다고?"

"아무렴. 자기 자리에서 살그머니 나와서 미조구치를 때린 다음에 찔러 죽이고 조심조심 자기 자리에 돌아가면 되잖아."

"안 돼. 고야마의 자리가 어디 있는지 봐."

파티션처럼 서 있는 책장을 축으로 미조구치의 자리와 대칭의 위치에 있었다.

"미조구치와 시라사카의 자리 쪽으로 가면 반드시 고야마의 눈에 띄어. 고야마는 미조구치보다 먼저 연구실에 왔고, 10시부터 11시 사이에는 화장실에 간 적도 없어."

"고야마가 범인이면 만사 해결이잖아."

"그것도 안 돼. 히가시다東田의 자리에서 고야마의 자리가 훤히 다 보이거든."

"그럼 이건 어떠냐. 고야마가 미조구치의 컴퓨터를 봐주러 갔을 때 죽인 거야."

"아, 미안. 설명이 부족했네. 고야마 혼자 미조구치의 컴퓨터를 보러 간 게 아니야. 스도須藤랑 둘이서 갔어. 게다가 컴퓨터를 보러 간 건 10시 40분. 수상한 소리가 난 건 11시. 20분이나 차이가 나잖아. 연구실에 카세트라디오는 없다고. 그리고 보니 컴퓨터로 음성 파일을 재생할 수 있구나. 하지만 의자도 쓰러졌거든. 이건 어떻게 설명할래."

두광인은 도발적으로 고개를 내밀었다.

"그렇다면 남은 가능성은 하나밖에 없어."

잔갸 군은 그렇게 말하고 나서 잠시 뜸을 들이다 다시 입을 열었다.

"617호실에 있던 전원이 범인이야."

두광인은 바로는 대답하지 않고 아까 전 잔갸 군만큼이나 시간을 끌었다.

"이론적으로만 따지자면 가능성은 있어. 하지만 심리적으로는 말도 안 돼. 전원이 공범이라면 나도 이토 연구실의 학생이라는 뜻이잖아. 사건이 발생했을 때 미조구치를 제외하고 방에 있던 사람은 여섯 명, 거기서 나를 빼면 다섯 명. 게임을 위해 미조구치를 죽일 거니까 도와달라고 다섯 명을 설득할 수 있을 것 같아? 한 사람을 끌어들이기도 어려울걸."

"그럼 이렇게 생각해보면 어떨까. 미조구치 히토시라는 놈은 성격이 개판에 붙임성은 눈곱만큼도 없어서 인간관계가 최악이라 연구실의 골칫거리였다. 그래서 연구실에서 영향력을 행사하는 자가 살해를 계획하고 실행했다. 그리고 계획에 참가한 두광인이 이번 사건을 밀실살인게임 문제로 돌려쓰기로 했다. 게임과 실리를 둘 다 추구한 일석이조."

"현실적인 동기가 배경에 존재한다면 가해자들은 자신들이 의심받지 않도록 조심할 거야. 그런데 미워하는 쪽과 미움 받는 쪽이 같이 있는 밀실 공간에서 살해하면 제일 먼저 의심받는다고. 하다

못해 외부인이 자유로이 드나들 수 있는 상황이라도 만들겠지."

"그럴 테지. 이 어르신 같으면 밤길에 덮칠 거야."

잔갸 군은 보기 드물게 순순히 물러났다.

"총알 다 떨어졌어? 그럼 다음은 콜롬보가 말해볼래?"

대답은 없었다.

"무적을 자랑하는 밀실살인게임의 왕자도 이번에는 두 손 든 거야? 뭐, 내가 말하기도 뭐하지만 이번 문제는 엄청나게 어렵거든. 말이 나온 김에 한마디 더 하자면 트릭의 차원이 달라. 원래 있던 반찬이 어쩌고 저쩌고 그런 말이 쑥 들어가게 해주마. 이건 그야말로 전례가 없는 문제라고."

두광인은 마스크에 장착된 음성변조기로 쓰으으, 후우우 하고 다스베이더의 숨소리를 내며 도발했다.

"힌트를 하나 줄까. 연구실에 놓여 있던 철 아령이 흉기로 사용 됐다고 그랬잖아. 그거 스도 거야. 운동이 부족해서 2킬로그램짜 리 아령을 두 개 가져다놓기는 했는데 결국 작심삼일로 끝났지. 그 뒤로는 발바닥 마사지기로서 제2의 인생을 살고 있었어. 책상 아래에 놓고 맨발을 올려놓는 거지. 사건이 일어난 날도 그랬어. 그런데 스도 역시 미조구치의 컴퓨터를 보러 갔잖아. 미조구치 자 리에서 자기 자리로 돌아왔더니 철 아령 하나가 없어졌더래. 자리 에서 일어나면서 걷어찼나 싶어서 책상 아래로 기어들어가 찾아 봤지만 아무 데도 없었어.

그러는 사이에 미조구치가 변고를 당했고, 쓰러진 미조구치 옆 에 스도의 자리에서 사라진 철 아령이 떨어져 있었지. 즉, 10시 40

분에 범인은 이미 617호에 들어와 있었다는 뜻이야. 스도가 자리에서 일어나 미조구치 자리에 간 틈을 타서 철 아령을 실례한 거지. 하지만 스도의 자리 근처에서 그런 움직임을 목격한 사람은 없어. 아이고, 힌트를 주려다가 오히려 문제를 어렵게 만든 게 아닌가 몰라.

스도한테는 참 미안한 짓을 했어. 흉기의 주인이라는 이유로 경찰과 연구실 사람들한테 엄청 의심받은 모양이야. 아마 아직도 의혹이 완전히 풀리지 않았을걸. 원한이 있어서 스도가 의심받도록 꾸민 건 아니야. 마침 때리기에 안성맞춤인 물건이 눈에 띄어서 슬쩍했을 뿐이라고. 스도야, 미안하다."

두광인이 그렇게 나불나불 떠들고 있을 때였다.

텍스트 창이 열리더니 네 글자가 나타났다.

메타물질.

6of6 (6월 3일)

044APD였다. 연이어 텍스트 창에 글자가 나타났다.

일본 미라이 대학 공학부 응용물리학과 물질 공학 연구실 이토 히사히데 교수의 전공은 인공유전체 및 인공자성체.

"아차."

괴상한 목소리가 울려 퍼졌다.

"맞다, 그거 말했지. 얼간이, 등신, 난 멍청이야."

두광인이 주먹으로 다스베이더 마스크를 쥐어박았다.

"도대체 뭐냐."

잔갸 군이 영문을 모르겠다는 듯한 목소리로 물었다.

"완전 실수했어. 결정적인 힌트를 줬다고. 방정맞은 입 때문에 1점을 갖다 바쳤네. 그래, 맞아. 정답이야."

두광인이 다스베이더 마스크를 두 손으로 감쌌다.

"그러니까 도대체 무슨 소리냐고."

"못 들었어? 정답이라고."

"아직 아무 말도 안 했잖아."

"전부 다 말한 거나 마찬가지야. 그리고 맞는 말이고. 그러니까 정답."

[두광인] 창에서 다스베이더 마스크가 사라졌다. 셔츠 옷자락이 커다랗게 비쳤다. 의자에서 일어난 모양이었다.

"무슨 말인지 감도 못 잡겠어."

"거기 아는 사람이 있잖아. 걔한테 물어봐."

셔츠가 멀어져갔다.

"어디 가냐?"

"창피해서 더는 못 배기겠어. 나머지는 너희가 알아서 해라."

두광인은 등을 돌리고 구부러진 빨대가 꽂힌 텀블러를 들어올렸다.

"야."

"울다 지치면 돌아올지도 몰라."

그리고 두광인의 화면은 텅 비었다.

남겨진 세 사람은 어안이 벙벙했는지 잠시 침묵이 흘렀다.

"콜롬보 씨, 부탁합니다."

aXe가 말했다.

인공유전체나 인공자성체 등의 단위소자를 인위적으로 전자파 파장보다는 훨씬 작으면서 원자보다는 훨씬 큰 간격으로 동일하게 배치해서 마이너스 굴절률 따위의 특이한 전자적 응답을 실현하는 신물질을 메타물질이라고 해.

"그거 우리말이냐?"

메타물질을 이용하면 파장 분해능의 한계 초월, 전자파 우회, 광영역의 자성 등을 실현할 수 있지.

"우리말로 설명하라고."

고분해능 렌즈, 투명화 기술 등에도 응용할 수 있어서 큰 기대를 받고 있어.

"아."

aXe가 소리를 지르더니 다음 순간 모습을 감추었다.

"뭐냐, 네 녀석마저 못 배길 일은 아니잖아."

"잠깐만 기다리세요."

목소리만 들려왔다.

"화장실 가려고?"

"아닙니다."

"피자 배달 왔어?"

"이런 시간에 누가 배달해준답니까. 여기 있었네."

aXe가 돌아와서 자리에 앉았다. 잡지를 펼쳐서 바쁘게 페이지를 넘겼다.

"'메타물질이라고 불리는 인공물질로 물체를 덮으면 물체 주변의 전자파를 굴절시킬 수 있다. 전자파가 가시광선일 경우, 그 물체를 보이지 않게 만들 수 있다', 이렇게 쓰여 있네요."

"으엥?"

"이론적으로는 '메타물질에 닿은 빛은 반사되거나 산란되지 않고 물체를 우회하여 맞은편에서 원래대로 파장을 형성한다. 맞은편에 닿은 빛도 반사되거나 산란되지 않고 이쪽에 도달하므로 마치 빛이 그 물체를 투과해 아무것도 없는 것처럼 느껴진다'라나 뭐라나. 물체가 소멸하는 게 아니라 있기는 있지만 인식하지 못하니까 결과적으로 투명하게 느껴진다는 뜻이로군요. 이른바 광학 위장입니다."

"이 어르신 머리가 나쁜 거냐?"

"예를 들어 메타물질로 시트를 만들어 머리부터 푹 덮어쓰면 그 사람의 모습은 사라집니다. 정확하게 말하자면 그 사람은 물체로서 거기 존재하지만, 주변 사람들 눈에는 보이지 않아요."

"투명인간?"

"그렇습니다. 다만 잭 그리핀이 만든 모노케인과는 달리 인체 그 자체를 투명하게 변화시키는 것이 아니라 투명하게 보이도록 작용하는 물체로 인체를 감싸는 거죠. 투명망토예요."

"이게 무슨 해리포터라도 되냐."

"우리 나라로 치자면 도깨비감투죠."

"도대체 어떤 어처구니없는 책을 보고 지껄이는 거냐."

"과학잡지요."

aXe는 표지를 카메라에 비추었다. 세계적으로 권위 있는 과학 잡지의 일본어판이었다.

"어이, 잠깐만. 그렇다면 다스베이더 경은 투명망토로 몸을 감싸고 미조구치 히토시를 죽였다는 거야? 그래서 방에 있던 사람들은 아무도 몰랐다?"

"이토 교수가 연구하던 인공유전체와 인공자성체는 메타물질의 소재입니다."

"그래서 연구실에 투명망토가 있고, 다스베이더 경이 그걸 슬쩍했다고? SF영화 찍고 자빠졌네."

잔갸 군은 화가 났다기보다 어이가 없는 것 같았다.

"메타물질은 1968년에 구소련의 물리학자 빅토르 게오르기에비치 베세라고가 이론으로 확립한 현실 세계의 과학기술입니다. 현재 각국의 여러 기관에서 그 기술을 응용한 광학위장을 연구 중이죠. 군 방면에서 엄청난 관심을 가지고 기대하고 있다는데요."

미국 캘리포니아 대학교, 듀크 대학교, 영국 임페리얼 컬리지, 세인트 앤두르스 대학교, 일본 미라이 대학교.

044APD가 거들고 나섰다.

"못 들어봤는데. 언제 뉴스에 나왔지? 투명망토 같은 게 개발되면 민간 우주여행보다 더 큰 특종이라고."

특정 주파수의 테라헤르츠파와 마이크로파를 우회해서 전파시키는 물질은 생성에 성공했어. 가시광선에 대해서는 실험 단계야.

"그럼 글렀네. 가시광선에 대해서 성공해야 투명해지잖아."

"이토 연구소에서는 성공했는지도 모르죠."

aXe가 반박했다.

"그랬다면 뉴스에 났을 거라고."

"꼭 그렇다고 볼 수는 없습니다. 과학 분야에서는 재현성이 중요하니까요. 실험을 되풀이하는 단계에서는 발표를 삼가겠죠. 또한 실증 실험에 성공했다 쳐도 특정 학회 따위를 노려서 발표 시기를 미룰 때도 있고요."

"아니, 하지만, 이 새끼……."

화를 냈다가 당황하는 등 잔갸 군은 정신없이 허둥거렸다.

"비슷한 기술 중에 레이더파로부터 물체를 감추는 스텔스 기능은 실용화되었습니다. 그걸 SF라며 비웃는 사람이 있던가요?"

aXe는 손도끼를 웹캠에 들이댔다가 내리쳤다. 힘이 넘쳐서 손도끼가 손에서 빠져나갔다.

"망할 놈아, 죽일셈이냐."

"그쪽까지 날아가지도 않는데 괜히 오버하지 마세요. 다음 세기에는 인터넷 회선으로 물질을 전송하는 기술이 생길지도 모릅니다만."

몸을 구부려 손도끼를 주워서 책상 위에 놓았다.

"맞는 말이야. 투명망토도 영화 플라이에 나오는 물질 전송기만큼이나 만들어질 가망성이 없는 물건 아니겠냐."

"하지만 실제로 연구 중이고, 특정 주파수에는 작용한다니까 장래에 반드시 실용화될 기술입니다. 의심할 여지가 없어요."

"미래가 뭔 상관인데. 지금 투명망토가 있어야 할 것 아니냐. 하지만 뉴스에 안 나왔어."

"이봐요, 설마 전 세계에서 일어나는 모든 일이 공개된다는 환상 속에 사는 건 아니겠죠?"

"당연하지. 하지만…… 그럼 네 녀석은 다스베이더 경이 투명망토를 사용해 아무도 몰래 살해했다는 이야기를 받아들인다는 거냐?"

"가능성으로서는요."

"진심으로는 안 믿는다는 말이잖아."

"보통 사람은 믿지 못하겠지만, 아서 클라크°는 '아주 고도로 발

° 아이작 아시모프, 로버트 하인라인과 함께 영미 SF문학계의 3대 거장으로 손꼽히는 SF 작가.

달한 과학기술은 마법과 구별할 수 없다'라고 했습니다."

"예, 예. 졌습니다."

두광인이 텀블러를 들고 돌아왔다.

"하지만 이번에는 승패와는 다른 부분에 역점을 뒀으니까 져도 괜찮아. 아쉽기야 하지만."

두광인은 자리에 앉아 빨대 끝을 마스크 턱 부분으로 집어넣었다.

"투명망토라고? 자꾸 깝칠래?"

잔갸 군이 기다리고 있었다는 듯이 물고 늘어졌다.

"절대 못 풀 문제였는데, 나도 참 명청해. 인공유전체 하면 당연히 메타물질이 떠오를 거 아니야. 조그마한 실수도 놓치지 않다니, 역시 콜롬보다워."

"야, 이 썩을 놈아. 감히 이 어르신을 무시하는 거냐."

두광인은 빨대를 빼냈다.

"이봐, 거기서 깽깽대는 당신."

"네 녀석이 자꾸 엄한 소리를 하니까 화난 거잖아."

"아까 네가 무슨 소리를 했는지 기억하지? 똑똑히 기억하라고 내가 못을 박았잖아."

"엥?"

"이제 와서 녹음한 목소리로 알리바이를 만드는 트릭을 쓰다니 성의가 없다고 그랬지."

"그런데?"

"전례가 없어야 훌륭하다고도 했어. 그래서 전례가 없는 트릭을 사용했잖아. 그런데 왜 불평이야?"

"등신아. 가공의 트릭에 전례고 나발이고 어디 있어. 잔말 말고 진짜 답이나 내놔."

그러자 두광인은 머리가 아프다는 듯이 고개를 설레설레 내저었다.

"음성 녹음 트릭을 다룬 최초의 추리소설은 제1, 2차 세계대전 사이에 나왔어. 손때가 타서 새카맣다고 무진장 멸시를 당하는 트릭이지만, 최첨단 하이테크 기술을 구사한 만큼 당시에는 엄청난 관심을 끌어모았을 거야. 하지만 이 소설이 시대를 더 거슬러 올라가 에디슨이 음성 기록의 원리를 막 발명한 19세기 후반, 축음기가 일반에 보급되기 전에 발표됐다면 독자는 아무도 트릭의 의미를 이해하지 못했겠지. 실제로 아무것도 모르고 에디슨의 원통형 레코드 소리를 들은 사람은 눈앞에서 무슨 일이 일어났는지 몰라 귀신에게 홀린 기분이었을 거야. 그 이야기를 들은 사람도 상자 속에서 사람 목소리가 날 리 있냐고 웃어넘겼을 테고."

"투명망토도 똑같다는 거냐?"

"첫 번째 문제는 누구나 쉽게 추리에 참가할 수 있게 만들었어. 그랬더니 너무 성겁다고 야유를 퍼붓더군. 배려해줘서 고맙다는 말은 한마디도 못 들었어. 두 번째 문제에서는 널리 알려지지 않은 기술을 의도적으로 사용해서 추리의 문턱을 극단적으로 높였지. 그러자 또 야유를 퍼붓네. 잘도 이런 트릭을 생각해냈다는 칭찬은 역시 못 들었어. 실은 이 반응을 보고 싶었거든. 이번에는 승패보다도 이게 테마였지. 인간이란 결국 자신의 가치관에 맞는 것만 인정하려는 생물이야. 잘 알았어. 아쉽기는 하지만. 아, 아까 전에도 말했던가. 뭐, 이걸로 댁들 취향은 잘 알았으니까 다음에 출제할 때 참고할게. 다음번에는 너무 지나치거나 모자라지 않게 문제를 만들 거야."

두광인은 한 손을 마스크 옆으로 휙 들어올려 팔랑팔랑 흔들었다. 작별 인사로 보였는지 aXe가 당황한 목소리로 말을 걸었다.

"일본 미라이 대학의 이토 연구소에서는 모든 파장의 가시광선을 우회시키는 메타물질 생성에 성공했나요?"

"그렇겠지. 그런 물건이 있었으니까."

"다스베이더 경은 그런 정보를 어디서 입수했습니까? 이토 연구소 관계자인가요?"

"어떤 정보통에게 얻었다고만 말해둘게. 이번 문제와는 직접 관련 없으니 밝힐 의무는 없잖아."

"개소리 말고 진짜 트릭이나 밝혀라."

잔갸 군이 위협하듯 나지막하면서도 거친 목소리로 을러댔다.

"믿든 말든 자유야."

"어이, 콜롬보 짱. 책임져. 네 녀석이 인공 무슨체 같은 말을 꺼내는 바람에 이야기가 안드로메다로 날아갔다고."

그러자 몇 초 후에 텍스트 창이 열렸다.

출제자가 정답 판정을 내렸으니 게임은 이걸로 종료.

"뭣이라?"

설령 다른 트릭을 사용해 살해한 게 진실이라 해도 출제자가 투명망토를 사용했다고 주장한다면 그게 정답. 왜냐하면 우리는 진실을 규명하기 위해 수사를 하는 게 아니라, 게임을 하고 있는 거니까. 제작자의 의도를 헤아려 제작자가 준비한 결말로 향하는 게 이 게임.

"그런 셈이지. 자, 다음에 보자."
[두광인] 창이 캄캄해졌다.

6월 4일

"말도 안 돼."
사가시마 유키오는 눈살을 찌푸리고 작게 투덜거렸다. 아까부터 열 번은 되풀이해서 봤지만 그런 말밖에 나오지 않았다.
"출제자가 정답이라고 인정했어."
손수 만든 다스베이더 마스크를 쓴 미사카 겐스케가 자를 휘둘렀다.
"말도 안 돼."
혼란스러운 건지, 어이가 없는 건지, 화가 난 건지 사가시마는 스스로도 구분이 가지 않았다.
"투명망토가 마음에 안 든다면 투명약으로 할까. 모노케인 말이야."
"그쪽도 마찬가지야. 있을 리 없잖아."

"그럼 거짓말이라고 생각하면 그만 아냐? 044APD의 말대로, 투명망토는 출제자가 준비한 답이지만 그게 반드시 진실은 아니야."

"그럼 진상은 어떻게 되는 거야?"

"그러니까 진실은 아무래도 상관없다니까. 게임의 답은 나왔으니까."

"그러면 찜찜해서 기분이 별로야."

"일인칭 슈팅 게임을 하고 있다고 치자. 눈앞에 강철 몸체로 개조된 중간보스가 나타났어. 네가 소지한 무기는 글록19와 M67세열수류탄. 넌 글록을 선택해서 초고속으로 연사했어. 죄다 명중했지. 하지만 상대의 에너지는 반도 닳지 않았고 반격을 받은 넌 목이 꺾여서 게임 오버. 정답은 M67이야. 이거 한 방이면 적을 죽일 수 있지. 실제로는 그렇게 가까운 거리에서 M67을 던지면 자신도 폭발에 휘말려 치명상을 입을 거야. 하지만 게임이잖아. 수류탄을 10센티미터 거리에서 던져도 플레이어는 전혀 다치지 않는다고 제작자가 설정했다면 그 설정은 현실보다 우선시돼. 게임 속의 진실은 현실이 아니야. 제작자의 머릿속에 존재하는 설정을 꿰뚫어보아야 게임을 공략할 수 있다고, 사가시마."

"아니, 하지만 그건 픽션이잖아. 이쪽은 게임이기는 하지만 실제로 발생한 살인사건이 토대라고. 제작자가 준비한 정답이 뭐든 간에 실제로는 어땠는지 알고 싶어."

"현실에서 진상을 규명하는 건 경찰의 역할이지."

"여기까지 와서 그걸 어떻게 기다려."

"그럼 네가 알아서 생각하는 수밖에."

"미사카 넌 안 찜찜해?"

"전혀. 난 투명망토라는 정답을 지지하거든."

"거짓말 마. 아까 전에는 못 받아들이겠다는 듯이 투덜거려놓고서는."

"네가 동영상을 보는 사이에 받아들이기로 마음을 바꿨어. 아무리 생각해도 보이지 않는 인간이 존재했다고 해석할 수밖에 없는 상황인걸. 상식적인 답을 원한다면 상식적으로 생각해서 답을 내놔 보든가. 난 포기했어."

그런 말을 듣자 사가시마는 말문이 막혔다.

하지만 "말도 안 돼"라고 중얼거리며 컴퓨터의 파일을 여닫는 사이에 캐비닛이 떠올랐다.

"두광인이 그라비어 큐브에 올린 사진 가운데 연구실 격리구획을 찍은 사진이 있지. 피해자와 그 옆자리가 찍힌 사진."

"pic531?"

"그래, 그거. 왼쪽 가장자리에 캐비닛이 찍혀 있어."

"청소도구함 아니야?"

"뭐든 상관없어. 범인은 이 속에 숨어 있었던 거야. 폭은 상당히 좁지만 몸집이 작고 마른 사람이면 충분히 숨을 수 있을걸."

"이른 아침에 와서 여기 숨어 있었다고?"

"그래. 여기라면 미조구치의 컴퓨터를 보러 온 두 사람한테도 들킬 리 없지. 두 사람이 떠난 뒤에 캐비닛에서 나와서 미조구치를 살해하고 다시 캐비닛에 숨었다가 혼란한 틈을 타서 탈출하면 돼. 바로 이거야. 투명망토 같은 건 필요 없어."

"안 돼."

미사카가 자를 휘두르며 부정했다.

"철 아령은? 미조구치를 때리는 데 사용한 철 아령은 스도가 미조구치의 컴퓨터를 보러 간 사이에 그의 책상 아래에서 사라졌어. 범인이 캐비닛에 숨어 있다가 스도가 자리를 뜬 사이에 빠져나와 스도의 자리로 향했다? 그러면 스도랑 딱 마주칠걸. 캐비닛은 미조구치 자리 옆에 있었으니까."

"그렇구나……."

사가시마는 항복이라는 듯이 양손을 들고 의자 등받이에 몸을 맡겼다. 하지만 그래도 포기하지 못하고 등을 뒤로 획 넘긴 채 중얼거렸다.

"캐비닛에서 나오지 않고 철 아령을 훔칠 수 있으면 되잖아. 미리 스도의 책상 아래 철 아령에 끈을 묶어놓고 쭉 늘어뜨려서 캐비닛에 숨는 거야. 끈이 바닥에 끌리겠지만 아주 얇고 바닥과 비슷한 색깔의 끈을 사용하면 모르겠지. 그리고 스도가 자리를 뜬 사이에 캐비닛 속에서 끈을 당기는 거야. 너무 많이 당기면 미조구치 자리에 있는 세 사람한테 들킬 테니까 철 아령이 격리구역 앞쪽에 왔을 때 일단 멈춰. 그리고 스도와 고야마가 미조구치 자리에서 각자의 자리로 돌아가면 다시 끈을 당겨서 캐비닛 앞으로 이동시키는 거지. 컴퓨터를 보고 자리에 앉은 미조구치의 뒤쪽을 조용히 통과시키면……. 어떻게 끈을 그렇게 솜씨 좋게 움직이겠어. 스도의 책상과 캐비닛이 장애물 하나 없는 직선상에 있다면 또 모를까."

그럼 이런 건 어떨까? 철 아령을 개조한 장난감 무선 조종 자동차에 싣고 캐비닛 속에서 조종하는 거야. aXe가 반슈초 하우스에서 그런 것처럼 웹캠을 탑재하면 캐비닛 속에서도 노트북이나 스마트폰으로 확인하면서 조종할 수 있으니까 장애물도 피할 수 있어. 음, 하지만 캐비닛은 너무 좁잖아. 확인하면서 조작하다니 안 될 거야. 무엇보다 무선 조종 자동차는 소리가 상당히 커. 연구실 사람이 못 알아차릴 리 없지. 그전에 신발을 벗고 철 아령에 발을 올리려던 스도가 먼저 알아차리겠다. 안 돼, 안 돼."

사가시마는 머리를 벅벅 긁었다. 하지만 포기할 수 없었다.

"무리수야. 하지만 두광인의 몸이 유연하다면? 무선 조종 자동차의 달인일지도 몰라. 모터를 비롯해 구동하는 부분을 저소음 타입으로 개조했다면? 그리고 스도는 둔감한 인간일 거야. 너무 순조롭잖아. 하지만 투명망토보다는 훨씬 현실미가 있지 않나?"

대답은 없었다. 미사카는 자를 효자손 삼아 등을 긁고 있었다.

"이거, 경찰이 감당할 수 있을까? 뭐, 두광인을 체포해서 호되게 추궁하면 되겠지만. 하지만 투명망토를 사용하면 체포하려고 해도 안 보일 것 아냐. 아아, 도대체 나까지 무슨 소리래. 투명망토는 존재할 리 없으니 당연히 보이지. 아, 짜증나. 응? 이렇게 해서 일반 시민이 혼란스러워하는 모습을 보고 재미있어하는 건가? 그래서 동영상을 공개했나?"

사가시마는 팔짱을 꼈다.

"누가?"

관심 없다는 듯이 잠자코 있던 미사카가 입을 열었다.

"누구라니, 도도 말이야. 두 번째니까 '아시다시피'라는 제목을 붙였겠지?"

"도도가 아니라 [두광인] 창 속의 사람일 가능성은 없을까?"

"뭐?"

"저번에도 그렇고 이번에도 그렇고, 어째서 이런 동영상을 인터 넷에 올렸다고 생각해? 아까 네가 말한 것처럼 사회를 혼란시키고 그 모습을 보며 즐기기 위해서라는 견해가 일반적이겠지만, 사실 동기는 더 단순하지 않을까. 난 aXe가 한 말이 진심 아닐까 싶어."

"aXe가 한 말이라니?"

"이번 동영상 1의 처음 부분. 트릭을 자랑하고 싶어서 밀실살인 게임 영상을 인터넷에 올렸다고 했어."

"농담일 거야."

"그럴까."

미사카는 다스베이더 가면을 벗었다.

"당연하지. 말투가 얼마나 가벼웠는데."

"진심을 입에 담기가 쑥스러워서 누가 꼬투리를 잡아도 '뻥이 야'라고 빠져나갈 수 있도록 농담처럼 말하는 경우도 많아."

"머릿속에 떠오른 트릭의 원리만 설명하는 게 아니라고. 동시 에 살인을 고백하는 셈이라니까. 그것도 가족이나 신부님한테 고 백하는 게 아니야. 불특정 다수 앞에서 그런 짓을 해? 말도 안 돼. 텔레비전 생방송이나 졸업식에서 송사를 읽다가 실은 어제 아버 지를 죽였다고 말하는 거나 마찬가지라고. 그런 이야기는 들어본 적도 없어."

"아니, 아니. 음주운전에 뺑소니, 폭행상해에 좀도둑질, 미성년자의 음주에 흡연, 게임소프트 복제에 개조 등등 블로그와 SNS에는 오늘도 자기가 저지른 범죄를 자랑하는 글이 올라올 거야."

"인터넷상의 일기장에 그런 내용을 적는 녀석들은 인터넷이 불특정 다수와 연결되어 있고, 개중에는 교사나 경찰관도 있다는 생각을 못 해. 이 일기는 자기 친구들만 읽는다고 착각해."

"강산이 한 번 변하기 전에는 그랬지. 하지만 요즘은 인터넷이 이렇게나 많이 보급됐는데 자각 못 할 리 없어."

"아니, 그러니까 범죄행위라는 자각 자체도 없다고. 초등학생은 술을 마시면 안 되지만, 고등학생은 거의 어른이니까 상관없다. 게임 데이터를 고쳤지만 나 혼자 즐길 뿐이니까 상관없다. 이렇게 가볍게들 생각하지. 그래, 확실히 범죄를 자랑하기는 하지만 경미한 범죄니까 관대하게 말하자면 못된 장난질 범주에 들어가겠지. 허세를 부리는 것뿐이야. 껌을 훔쳤다든가, 체육관 뒤쪽에서 담배를 피웠다는 식으로 학교에서 집에 돌아가는 길에 친구한테 하는 자랑을 인터넷으로 옮겼을 뿐이라고."

"그거야."

미사카는 자를 획 내리쳤다.

"이 행위는 못된 장난의 범주에 들어가지만 저 행위는 무거운 범죄다. 그렇게 선을 긋는 기준은 뭐지? 개인의 감각이야. 사람마다 다르다고. 어떤 사람은 술에 취해 약국 앞의 개구리 마스코트*를

---

* 판촉을 위해 만든 제약회사의 캐릭터.

훔쳐가는 건 괜찮지만, 그 마스코트를 창문에 집어던져서 유리를 깨면 안 된다고 생각하겠지. 또 어떤 사람은 유리를 깬 것까지는 용서받을 수 있지만 깨진 틈으로 안에 들어가서 금전등록기를 털면 안 된다고 선을 그을 거야. 그리고 어떤 사람은 안에 들어가서 화장실을 빌리거나 물을 마시는 정도는 괜찮다고 여길 수도 있고. 어차피 보험에 들었을 거라며 영양 드링크나 위장약을 실례해도 죄책감을 느끼지 않는 사람도 있겠지."

"약국에서 잔업하던 점원을 때려죽이고 '잔업 수당 늘리려고 일하지 마라. ㅋㅋ'라고 트윗하는 녀석이 있다고?"

"있을 거야. 반드시 있어. 10만 명이나 백만 명 단위로 있다고는 못 하겠지만. 그렇게 많으면…… 생각만 해도 끔찍하다. 일본에서 1년에 발생하는 살인사건은 분명 천 수백 건이야. 혼자 열 명 죽이는 녀석도 있겠지만, 여러 명이 한 명을 죽이는 경우도 있을 테니 살인범 수는 1년에 발생하는 살인사건 수와 엇비슷하겠지. 천 수백 명이나 되는 가해자 모두가 남을 죽인다는 행위를 나쁘다고 인식할까? 해서는 안 되는 짓이라고 알면서도 부득이한 사정 때문에 고뇌하고 고뇌한 끝에 칼을 쥐었을까? 천 명이나 되면 개중에는 부엌에 나온 바퀴벌레를 처리하듯이 자신에게 득이 안 되는 사람을 죽이는 녀석도 있을 거야. 그야말로 천차만별일 거라고."

이따금 우스갯소리를 하듯이 말하기는 했지만 미사카의 눈은 여느 때 없이 진지했다.

"아니, 그게 그렇기는 하지만……."

사가시마는 팔짱을 풀고 머리카락 사이로 손가락을 집어넣었다.

"단적인 예를 들자면, 테러리스트는 스스로 사람을 죽였다고 신문사에 알려."

"도도 패거리는 사상범이 아니야."

"다른 사람보다 자신이 우월한 점을 자랑하고 싶다. 이건 인간으로서 자연스러운 심리상태야. 그 자랑거리가 암흑처럼 시커멓다 할지라도."

미사카는 다스베이더 가면을 얼굴에 댔다. 사가시마는 다시 팔짱을 끼고 으음, 하고 신음했다.

"아니, 하지만. 그래, 죄의식 없이 남을 죽이는 사람은 있을 수도 있겠지. 하지만 사람을 죽이면 뭐가 기다리는지 모르는 사람은 없어. 백이면 백, 천이면 천, 다 알고 있을걸."

"벌을 받는다고?"

"그래. 그것도 1만 엔짜리 벌금처럼 가벼운 게 아니야. 그건 도도 패거리 다섯 명도 잘 알지. 그들의 대화 이곳저곳에서 느껴져."

"체포된다면 그렇겠지."

"뭐?"

"경찰에 체포돼야 벌을 받는다는 거야. 붙잡히지 않으면 벌금 한 푼도 내지 않아."

"사람을 죽였다고 인터넷에 자랑했는데 당연히 붙잡히지. 농담으로 살인 예고만 해도 체포되는 세상인걸."

"붙잡히지 않을 자신이 있다면?"

"녀석들, 그렇게 자신들의 능력을 과신할 만큼 머리가 나빠 보이지는 않았어."

"하지만 실제로 도도 다쓰오는 여태껏 체포되지 않았는데."

"세상은 경찰을 규탄하지만 지명수배된 지 아직 2주밖에 안 지났어."

"지명수배돼도 도망칠 놈들은 다 잘 도망치더라. 채팅에서 aXe, 도도 다쓰오가 그랬잖아."

"하지만 평생 도망 생활을 하다니 불편해 죽을 거야. 해외여행도 못 가고, 면허 갱신이 안 되니까 차도 못 몰고, 편의점에 가려고 해도 남의 눈이 신경 쓰이겠지. 정신적으로 맛이 갈걸. 그래서 멘탈 클리닉에 가려고 해도 건강보험 없이는 병원비가 장난 아니게 나올 거야."

"어디 틀어박혀서 인터넷이랑 게임이라도 하면 되지. 우리는 피자든 속옷이든 클릭 한 번이면 손에 들어오는 편리한 세상에 살고 있다고."

"저기."

사가시마는 뭐라고 반론을 하려다가 그런 생활도 의외로 나쁘지 않을지 모르겠다고 생각했다.

세상은 다시 떠들썩해졌다.

밀실살인게임의 동영상이 다시 인터넷상에 나타났다. 일반 시민이 또다시 '두광aXe도젠044군'이 올린 이데이 겐이치 살인사건에 관한 동영상 사본을 업로드한 것이 아니다. 새로운 밀실살인게임이었다. 그것도 두 건이었다.

둘 다 꾸며낸 이야기가 아니었다. 5월 18일에는 도쿄도 이타바시구의 극장에서 여배우가 교살당했고, 이틀 후인 5월 20일에는 쓰쿠바미라이시의 일본 미라이 대학교에서 대학원생이 칼에 찔려 죽었다. 그리고 두 건 다 아직 해결되지 않았다. 이번에 동영상을 올린 사람이 '아시다시피'라는 이름을 썼기 때문에 역시 도도다쓰오가 올렸다고 추정되었다.

경찰은 재빨리 움직였다. 동영상이 올라온 지 두 시간 후에 삭제를 요청했고(그 뒤에 이용자가 사본을 되풀이해서 올렸지만), 다음 날에는 동영상을 어디서 업로드했는지 밝혀냈다.

'아시다시피'의 동영상은 가나가와현 가와사키^{川崎}시 다마^{多摩}구 미타^{三田} 3초메, 니시미타^{西三田} 단지의 어느 집에서 업로드되었다. 하지만 도도 다쓰오가 여기 숨어 있던 것은 아니었다.

이 집에는 70대 부부 둘이서 살고 있었다. 방에는 인터넷에 항상 접속할 수 있는 환경이 갖추어져 있었다. 이 노부부가 도도의 게임 친구이거나 도도의 부탁을 받고 동영상을 올린 것은 아니다. 이 가정에서 사용되던 무선 랜 루터의 전파에 제삼자가 멋대로 침입해 인터넷상에 동영상을 올렸다. 이른바 무선 랜에 무임승차한 셈이다.

'아시다시피'의 동영상 여섯 개는 6월 4일 오후 1시에 동영상 모둠 반점에 올라왔다. 경시청은 가나가와 현경의 협력을 얻어 그 전후에 도도를 보지 못했는지, 또는 바깥이나 차 안에서 컴퓨터를 조작하던 사람은 없었는지 니시미타 단지 및 가장 가까운 오다큐 ^{小田急}선 이쿠타^{生田}역에서 철저한 탐문을 행했다.

또한 인터넷 접속 기록을 해석한 결과 무임승차한 단말기의 MAC 주소가 판명되어 단말기 기종과 형번, 판로까지 알아낼 수 있었다. 국내 제조사의 경량 노트북으로, 대규모 전자제품 판매점의 도쿄도 매장에서 2007년 11월부터 2008년 2월 사이에 판매된 물건이었다.

하지만 구입자까지는 알아내지 못했다. 덧붙여 구입자가 도도 다쓰오라 하더라도 그가 현재 어디 있는지 파악하는 데는 아무 도움도 되지 않는다. 도도가 범인임을 보충하는 증거일 뿐이다. 또한 니시미타 단지 근처의 탐문도 헛수고로 돌아갔다. 결국 행동은 빨랐지만 경찰은 위신을 회복하지 못했고, 이데이 겐이치와 관련된 동영상이 올라온 뒤에 도도를 신속히 체포하지 못해서 두 건의 살인이 더 일어났다고 언론의 압박이 심해지기만 했다.

그리고 사회는 이대로 가면 더 많은 게임 살인이 일어나리라는 불안에 휩싸였다. 이것은 극장형 범죄이며 유쾌범인 도도는 세상이 혼란에 빠져 우왕좌왕하는 모습을 즐기고 있다, 남을 비웃듯이 '아시다시피'라는 닉네임을 쓴 것만 봐도 분명하다고 유식자들은 말했다.

그런데 이번에 세상이 떠들썩해진 것은 범인과 경찰 탓만이 아니었다.

동영상 속에서 두광인은 투명망토를 걸치고 미조구치 히토시를 살해했다고 고백했다.

세상 사람 대부분은 그런 물건이 실제로 있을 리 없다며 웃어넘겼다. 두광인이 장난삼아 한 말에 불과하거나 아니면 진짜 수법을 의도적으로 감추려고 그랬다는 식으로 받아들였다.

하지만 어처구니없다고 웃은 후에 곰곰이 생각하는 사람 또한 많았다. 대번에 받아들이기는 힘든 이야기지만, 그런 물건이 발명될 가능성이 없다고 딱 잘라 말할 수는 없었다. 과학은 진보를 거듭하고 있으니까.

수사당국은 일본 미라이 대학교의 이토 히사히데 교수에게 해명을 요구했다. 물질 공학 연구실에는 미디어가 밀어닥쳤다.

'그동안 메타물질을 계속 연구해왔고 최근에 응용의 한 가지 예로서 광학위장에 주목하고 있었던 것은 사실이다. 하지만 실용화 단계에는 이르지 못했으며, 전 세계 과학자가 광학위장을 적극적으로 연구하고 있지만 실용화는 다음 세대 이후에나 가능할 것이다.'

이토 교수의 해명은 이러했다. 하지만 미디어는 "해리포터의 투명망토가 현실화!"라고 엉뚱한 부분을 강조하여 보도했다. 그 결과, 미래가 다가왔다며 들뜬 목소리, 군사적 목적으로 이용될 거라며 걱정하는 목소리, 전쟁이 일어나기 전에 범죄가 일상화되어 사회가 붕괴할 위험이 있으니 즉시 연구를 중지하라는 목소리 등이 높아지며 감정적인 주장이 난무했다. 클론 기술의 실용화가 공개되었을 때의 상황과 비슷했다.

그리고 이토 교수가 사태에 대해 해명한 지 사흘 후, 자칭 일본 미라이 대학교의 관계자가 인터넷 게시판에 올린 발언이 혼란에 박차를 가했다.

이토 연구실에서는 광학위장의 실용화 실험에 성공했다. 이 실험은 이토 교수와 측근 몇 명이서 진행했으므로 이토 연구실 사람들 대부분은 모른다. 발표 시기를 가늠하느라 성공했는데도 비밀을 유지했다. 실용화에는 법적, 윤리적 문제가 있을 뿐더러 국가 예산급의 거액이 움직여야 하기 때문에 법률 전문가와 함께 신중하게 일을 진행하고 있었다.

이 소식을 들은 이토 교수는 가시광선을 굴절시키는 물질의 생성에는 성공했다고 발언을 약간 수정했다. 하지만 그 후에 이어진, 현 단계에서는 가시광선의 특정 파장에만 작용할 뿐 아니라 불안정해서 임의의 크기와 두께로 형성되므로 현재 기술로는 인체를 감싸는 시트로 가공할 수 없다는 발언은 아주 간략하게 전해졌다. 그 때문에 드디어 SF가 현실화되는 시대가 왔다며 세상 사람들은 더욱 난리를 떨었다.

부정적인 발언을 하면 할수록 진실을 은폐하려는 수작이라고 넘겨짚는 법이다. 실존하는 투명망토가 살인에 이용되었다면 범인은 연구소 관계자다. 그 연구는 비밀 프로젝트였으니까. 내부에서 살인범이 나오지 않기를 바라는 마음에 이토 교수는 진실을 숨기려 한다. 어쩌면 이토 교수 본인이 두광인일지도 모른다. 이러한 억측이 또 다른 억측을 낳았고, 그 억측은 점점 부풀어 올라 사실과 상상의 경계가 애매해져갔다.

경찰에 대한 실망과 분노, 범인에 대한 의분과 공포, 미지의 기술에 대한 기대와 불안, 선구자에 대한 외경과 불신. 사회는 종잡을 수 없는 공기로 가득 차올랐다.

그럴 때 '마이 비디오'라는 동영상 공유 사이트에 '이 몸은 이 몸이다'라는 이름으로 동영상 하나가 올라왔다.

그리고 아무도 없었다

6월 29일

여느 때와 마찬가지로 모니터 전체를 캡처한 동영상에는 AV 채팅 창이 열려 있었다. 다만 지금까지 올라온 동영상과는 달리 열려 있는 창은 단 하나였다.

비치고 있는 것은 노랗고 덥수룩한 머리에 소용돌이 안경, 푸르스름한 면도 자국, 후줄근한 흰옷, 반도젠 교수였다. 아프로 머리의 괴인은 카메라를 신경 쓰는 것처럼 가발 양옆을 가볍게 누르더니 책상 위에 양손을 얹고 연설이라도 하듯이 말문을 열었다.

"이 몸이 도망쳤다고 망발을 한 사람은 누구인가. 잔갸 군님인가? 무례하기 짝이 없구먼! 이 몸은 도망치지도 숨지도 않아. 이렇게 떡하니 나타난 것이 최고의 증거이지. 저번에는 불가피한 사정이 있어서 결석하였네. 우둔한 귀공들은 모를 거야. 거슬러 올라가 5월 8일 모임에 결석한 것에도 깊은 사정이 있어. 이렇게까지 암시해도 모를 걸세. 언젠가는 밝혀질 테니 깜짝 놀랄 준비나 단단히 하고 있게나.

힘이 쭉 빠지느니, 기분 전환용이라느니 하면서 모두 이 몸의 문제를 우롱하지. 이 몸을 대신해 힘이 쭉 빠지는 문제를 냈다니, 실례천만일세, 다스베이더 경. 그저 어수룩한 척할 뿐인데 그런 줄도 모르고. 배려심 있는 연장자로서 자신을 낮추어 남을 더욱 돋보이게 하건만 전혀 눈치채지 못하고 명탐정이라고 으스대다니 무지몽매한 자들이여, 애처롭구나. 이렇게 거듭 말해본들 입만 살았다고 비웃을 것이 뻔하니 실제로 보여주기로 결심했네. 두 눈 똑똑히 뜨고 이 몸의 진짜 힘을 잘 보게나.

어떤 문제냐고? 흐음. 기계 장치를 사용한 밀실, 땅과 하늘을 거쳐 만들어낸 알리바이 트릭, 수비학을 구사한 암호, 미국 50개 주에서 펼쳐지는 미싱링크 등등 소재야 양손에 넘칠 만큼 많지만, 이번에는 그렇지, 다스베이더 경이 '보이지 않는 사람' 트릭을 두 번이나 뽐냈으니 이 몸도 '보이지 않는 사람'으로 승부할까. 그래야 쌍방의 역량을 잘 알 수 있을 걸세. 음성 트릭처럼 빛바랜 트릭이나 투명망토처럼 너무 진보된 트릭이 아니라 중용을 지키면서도 놀라움으로 가득 찬 트릭이지. 단단히 준비 중이니 조금만 기다리게. 늙은이를 얕보면 안 돼. 유연함은 잃었지만 그것을 보충하고도 남을 만한 경험을 쌓았으니까.

저 옛날, 더 비틀즈라는 영국의 대중음악 집단이 있었지. 전 세계적으로 엄청난 인기를 끌었고, 부녀자들은 절규하던 끝에 실신하고 말 정도로 마술적인 매력을 지니고 있었어. 그 슈퍼그룹이

1966년에 극동의 섬나라를 찾아왔다네.

　당시 이 몸은 학교에 다니던 코흘리개였지. 초등학생이었는지 대학생이었는지는 상상에 맡기겠네. 하여튼 주변에서는 존이 어떻고, 폴이 어떻고 하면서 소란을 피우는 사람이 몇몇 있었지만, 이 몸은 그들의 음악과 용모에 그다지 흥미가 없었어. 그런데도 전설의 일본 공연의 목격자가 되는 영광을 얻은 것은 고모 덕분일세. 고모는 미행에 몹시 민감해서 여자답지 않게 자동차 운전대를 잡았고, 미소라 히바리*보다 1년 먼저 미니스커트를 입었지. 비틀즈 역시 우리 나라에서 레코드가 발매되기 전에 주일 미군방송으로 먼저 들었고, 일본 공연 입장권도 연줄을 이용해 재빨리 두 장을 확보해서 지금은 흥미가 없어도 경험해두면 반드시 장래의 보물이 될 거라며 귀여운 조카를 데려가주었지. 두 해 전의 도쿄 올림픽에도 그런 식으로 데려가주었어. 하지만 실은 같이 가기로 했던 남정네와 헤어지는 바람에 표가 한 장 남아서 그랬겠지. 야후 옥션 같은 건 없던 시절일세.

　비틀즈는 6월 29일 미명에 일본 땅에 내려섰고, 공연은 다음 날 30일부터 사흘 동안 일본 부도칸武道館에서 다섯 번 열렸는데, 이 몸이 본 것은 7월 1일 낮 공연일세. 당시는 엄청난 거물이라도 하루에 두 번 공연하는 것이 세계적인 추세였다네. 사흘 동안 다섯 번 연주를 하고 공연 다음 날에 홍콩을 경유해 필리핀 마닐라로 날아갔다가 그다음 날에는 그들의 조국에서 낮과 밤 공연을 했으

• 일본의 가수이자 여배우. 참고로 미소라 히바리는 1967년에 미니스커트를 입었다.

니 '하드 데이즈 나이트'라는 노랫말이 절로 나왔을 거야.

당시 이 몸은 오사카 근교에 살고 있어서 도쿄에는 야행열차를 타고 갔지. 학교는 친척의 법사에 참석해야 한다는 핑계로 쉬었어. 태연자약하게 하와이에 가족여행을 간다고 말해도 통하는 지금과는 달랐다네. 이 몸의 부모님은 아주 진취적이셨다고 할 수 있겠지.

도쿄역 마루노우치九ノ內 출입구 근처에서 도영 전철을 타고 구단시타九段下역에서 내리자 공연이 시작되는 2시까지는 한참 남았는데도 다야스몬田安門으로 이어지는 좁은 인도에 사람들이 득실거렸지. 습한 장마 날씨도 한몫하여 숨이 막힐 지경이었어. 하지만 밖에는 그렇게 많은 사람들이 줄을 서 있는데, 공연장 안은 뜻밖에 텅 비었고 무대는 컴컴해서 이미 공연이 끝난 게 아닐까 싶어 불안한 분위기가 감돌았다네. 하지만 객석이 서서히 메워지면서 공연이 시작되고 나서 자리를 뜨면 퇴장시킨다는 방송이 되풀이되고, 통로에 제복 입은 경찰관들이 나타난 후에 공연의 흥을 돋우기 위한 연주가 시작되자 별 흥미 없이 따라왔는데도 가슴이 두근대어 견딜 수 없을 지경이었지.

그리고 마침내 영국 청년 네 명이 무대에 섰지만, 거기서 무슨 일이 일어났는지 이 몸은 거의 기억이 안 나. 2층 위쪽 자리라서 무대 위 사람은 성냥개비처럼 보였지. 모습도 보이지 않았거니와 연주도 들리지 않았어. 음향장치도 조잡했겠지만, 여기저기서 비명처럼 바락바락 악쓰는 소리가 줄을 이었으니 그럴 수밖에. 부끄럽게도 우리 고모도 개중 하나였다네. 지금도 확실히 기억나는 건 무대 뒤쪽에서 깜빡이던 'THE BEATLES' 전구 장식뿐이야.

내가 얼떨떨해하든 말든 공연은 진행되었고, 정신을 차리자 흐린 하늘 아래 나와 있더군. 새해 첫 참배를 하러 가서 행렬 속에서 시달리다 참배는 고사하고 새전함에 돈도 넣지 못한 채 배전殿°에서 밀려나온 느낌이었지. 아마 시간도 그렇게 흘러갔을 거야. 그날 밤 이 몸이 본 낮 공연이 텔레비전으로 녹화 방송되었지. 하지만 이 몸은 서쪽으로 돌아가는 전철 안에 있어서 못 보았다네. DMB방송 같은 건 없었거든.

그다음 주에 등교하자 음악을 좋아하는 치들은 여전히 흥분 상태였어. 폴이 일본어로 말했다, 마이크에 닿지 않아 존이 발돋움을 했다, 링고는 드럼을 치면서 노래하는구나, 회색 재킷이 멋지더라 운운. 이 몸은 아아, 그랬구나, 하고 감탄하다 부러움을 느꼈고 마지막에는 부조리함에 힘이 쭉 빠졌다네. 현장에 있던 이 몸보다 텔레비전으로 편하게 관람한 사람들이 세밀한 부분까지 챙겨 보다니 어찌 된 일인가. 가정용 녹화기기가 존재했다면 그렇게까지 유감스럽지는 않았을 터인데.

하지만 이 몸은 부도칸에서 느낀 두근거림만은 텔레비전 방송으로 절대 느낄 수 없었을 것이라 생각한다네. 그 열기, 냄새, 고막의 통증, 발치에서 밀려 올라오는 진동. 그것은 그날 바로 그 시간 일본 부도칸에 있던 사람만이 느낄 수 있지 않았을까. 그리고 그 감각은 그 자리에 없었던 사람에게는 말이나 영상으로 전달할

° 신사에서 참배를 위해 세운 건물.

수 없고, 아무리 큰 텔레비전이나 하이파이 재생장치로도 재현할 수 없는, 직접 체험한 사람만이 누릴 수 있었던 특권 아니었을까.

제형, 생生일세, 생. 라이브 말이야. 음악뿐만 아니라 연극, 연설, 운동 경기, 모두 직접 경험하는 게 최고지. 어째서 9·11 테러 사건이 그토록 전 세계에 충격을 주었는가. 영상을 실시간으로 촬영했기 때문일세.

각설하고 전설의 목격자가 된 것은 더할 나위 없는 영광이며 그 후로도 기회 있을 때마다 자랑거리 삼아 이야기했고 때로는 좋은 추억도 생겼네만, 비틀즈 뒤에 따라온 덤 때문에 이 몸의 인생이 바뀌었다고 지금 여기서 처음으로 밝히겠네.

공연이 끝난 후, 처음에는 구단시타에서 도영 전철을 탈 생각이었지만, 역이 너무 혼잡하여 이 몸은 고모 손에 이끌려 궤도를 따라 큰 길을 똑바로 걸어갔지. 한 말들이 캔과 낡은 타이어가 떠 있는 시커먼 강을 건너 역을 하나 지나 커다란 교차로를 건너자 신기한 거리가 눈앞에 펼쳐졌어. 책방 다음에 또 책방, 그다음에도 책방, 이렇게 거리 한켠에 책방이 끝없이 이어졌어. 여기가 소문으로 듣던 간다神田 진보神保초의 헌책방 거리인가 싶었지. 그리고 운명적인 만남이 있었다네.

한 조그만 헌책방 앞에 버들고리 두 개가 놓여 있었지. 고리에는 '10엔 균일'이라는 표찰이 매달려 있었고, 안에는 햇볕을 받아 누레진 문고본과 커버가 떨어진 단행본이 난잡하게 쌓여 있었어. 예의 없는 손님이 펼친 채로 인도에 떨어뜨리고 간 책도 있었지. 이 몸은 그 책을 주워들어 커버에 묻은 흙을 털고 고리에 넣으려다 마침 펼쳐져 있던 페이지를 슬쩍 쳐다보았지. 그리고 면주의 여덟 글자에 사로잡혔어. 면주란 여백 부분에 쪽수와 나란히 인쇄된 책 제목이나 장의 제목을 말하네.

'13호 독방의 문제.' 이 얼마나 매력적인 제목인가. 이 몸은 호주머니 속의 10엔으로 그 문고본, 에도가와 란포가 편집한 『세계 단편 걸작집 1』을 사서 돌아오는 전철에서 윌키 콜린스의 「꾀부리다 망한 꼴The Biter is Bit」부터 읽기 시작했는데, 여섯 번째 수록작 「13호 독방의 문제」에 다다르자 비틀즈 따위는 머릿속에서 싹 사라지고 없었지.

이 몸의 미스터리 역사는 여기서 시작되었다네. 반세기 가까운 경력이야. 제2차 베이비붐° 세대나 헤이세이 시대에 태어난 어린 애들과는 격이 다르다. 진심으로 추리하면 연전연승해서 분위기가 썰렁해질까 봐 피에로 역할을 한 거라고. 하지만 이제 슬슬 늙은이가 스포트라이트를 받아도 괜찮겠지. 제형, 건곤일척의 다음 문제를 두 눈으로 똑똑히 보게나. 그날까지 잠시 작별하겠네."

반도젠 교수는 집게손가락과 가운뎃손가락으로 경례하는 자세를 취했다. 그리고 화면이 캄캄해졌다.

사가시마 유키오는 이마에 손을 얹고 시선을 떨어뜨렸다.

'제형'이란 aXe를 비롯한 동료들을 말하는 걸까. 아니면 이 동영상을 시청한 불특정 다수를 말하는 걸까. 이 동영상은 반도젠 교수 자신이 올렸을까. 아니면 도망 중인 도도 다쓰오? 반도젠 교

° 일본의 경우 1970년 전후.

수라면 어째서 스스로 앞에 나섰을까. 단순히 지기가 싫어서?

의문과 의문의 형태가 되지 않은 위화감은 그 밖에도 있었지만 일단 한숨 돌려야겠다는 생각에 사가시마는 동영상을 닫으려고 마우스에 손을 얹었다.

그때 화면이 갑자기 밝아졌다.

반도젠 교수의 얼굴이 커다랗게 비쳤다. 아까보다 훨씬 앞으로 다가와서 아프로 머리의 절반은 화면 밖으로 튀어나갔다.

"성급하게 정지 버튼을 누르지 않은 귀공에게 상을 주겠네."

반도젠 교수는 비밀을 이야기하듯이 입 옆에 손을 갖다 댔다.

"힌트. 게임은 오래전에 시작되었어."

화면은 거기서 다시 캄캄해졌고 이번에는 정말로 동영상이 끝났다.

JOIX-TV (7월 1일 오후 2시)

반도젠 교수의 이야기로 막이 올랐다.

"암호를 풀었으니 이 영상을 보고 있겠지. 좋아, 제1관문 돌파일세. 우연히 여기에 다다른 사람도 있겠지만, 그만한 운이 없었다면 여기까지 오기는 어려웠을 테니 그런 양반들도 합격이라 치세나. OMR카드 시험에서 형설지공의 노력 끝에 확신을 가지고 정답을 칠하든지, 연필을 굴려 우연히 정답을 칠하든지 가치는 똑같으니까. 고생과 노력을 했다고 해서 점수가 꼭 높은 것은 아니야."

"야."

잔갸 군이 불쾌한 듯이 소리를 내질렀다.

"하지만 어느 쪽 길로 왔든 축하한다는 말은 아껴두겠네. 일단 게임 본편에 참가할 자격을 획득했을 뿐, 명탐정의 칭호를 얻느냐 마느냐는 앞으로 귀공이 어떻게 활약하느냐에 달렸어."

"어이, 아저씨. 너 지금 누구한테 지껄이는 거냐."

"자."

"어디서 시치미를 뚝 떼고 있어. 어차피 이것도 나중에 공유 사이트에 올릴 속셈이겠지."

"아닐세."

"구라 치고 있네. 지금 늘어놓은 이야기는 뭔데. 누구한테 이야기한 거냐고. 요전에 마이 비디오에 올라온 동영상을 보고 찾아온 녀석들한테 지껄인 거 아니냐? 뭣보다 요전의 그건 뭐냐. 왜 세상에 공개적으로 나서는 거냐고. 위험하잖아."

"이 몸의 캐릭터가 오해당하는 듯하여 분개한 나머지 그만."

반도젠 교수는 머리를 긁적였다.

"생판 모르는 녀석들이 어떻게 생각하든 무슨 상관인데. 까딱 잘못하면 이쪽에도 불똥이 튄단 말이다. 막 나가지 좀 말라고."

"결코 올리지 않겠다고 맹세하겠네."

반도젠 교수는 가슴에 주먹을 댔다.

"당선 가능성도 없는 후보들이 되는 대로 지껄이는 공약 방송 같은 소리도 두 번 다시 하지 마."

"크, 절묘한 표현인데요."

aXe 쪽에서 손뼉을 치는 소리가 들렸다.

"네 녀석도 마찬가지야. 왜 또 인터넷에 올리고 지랄이냐."

"제가요?"

"딴청 부리지 마. 다스베이더 경이 출제했을 때의 동영상 말이야. 자신이 지명수배범이라는 자각이 있기는 있냐?"

"그건 내가 올렸어."

"아앙?"

두광인이 나서서 말했다.

"자랑을 좀 하고 싶었거든."

"뭣이라? 도끼쟁이가 올렸을 때 비난한 게 누군데 그래."

"응, 그때는 확실히 열을 받았지. 하지만 자랑하고 싶어졌다고. 전례가 없는 트릭이었는걸."

"하여간 이 새끼고 저 새끼고! 야 이 새끼들아, 도대체 무슨 생각이냐."

"미안하네, 잔갸 군님."

반도젠 교수가 손을 머리 위로 치켜 올리듯이 내밀었다.

"질책은 얼마든지 받겠네. 하지만 나중으로 미뤄주지 않겠는가. 꾸물대다가는 목표물이 밀실에서 나갈 걸세."

"저기 자빠져 있는 아저씨가 목표물이냐?"

"그렇다네."

컴퓨터 화면에 웹캠 영상이 여러 개 비치고 있었다. [반도젠 교수], [aXe], [잔갸 군], [두광인], [044APD]. 다섯 개의 창에는 여느 때와 같은 캐릭터가 비치고 있었다. 지금까지의 모임에서는 가장 많아야 이 다섯 명이었지만, 오늘은 여섯 번째 창이 열려 있었다. 창 이름은 'X'였다.

[X] 창에는 유카타 차림의 남자가 비치고 있었다. 덩치가 작고 뚱뚱한 남자였다. 남자는 다다미에 누워 한 손으로 머리를 받치고 텔레비전을 보고 있었다. 카메라는 비스듬히 위쪽에서 남자의 온몸을 포착하고 있었다.

반도젠 교수가 설명했다.

"예전 문제에서 해답자 네 명은 사건이 발생한 후에야 정보를 얻을 수 있었지. 출제자에게 설명을 듣고 독자적인 조사를 해서 추리하는 거야. 따라서 해답자는 출제자가 실은 중요한 정보를 감추지는 않았는지 어느 정도 의심할 수밖에 없었네. 허나 이번 문제는 달라. 출제자인 이 몸이 살해하는 현장에 해답자인 귀공들을 초청했어. 이 몸의 일거수일투족을 두 눈으로 직접 보라는 것이지. 어떤가, 지금까지 아무도 하지 않았던 시도일세."

"저도 살해하는 순간을 실시간으로 보여드렸는데요."

aXe가 끼어들었다.

"나고야의 차 안에서 채팅에 참가했을 때로군. 확실히 채팅하는 도중에 건 전화 한 통이 방아쇠이기는 했으나 피해자가 있던 방은 실시간으로 보여주지 않았어. 방범 카메라 영상을 캡처한 사진을 나중에 배포했지만 가장 중요한 살해 순간의 사진, 즉 공중에 높이 뜬 다다미에서 자던 남자가 일어나서 천장에 머리를 부딪쳐 책으로 만든 기둥이 무너지는 장면은 잘라냈지. 출제자의 사정 때문에 보여줄 수 없었다고는 하나, 어떤 의미에서는 부정일세.”

“그걸 보여주면 트릭이 훤히 다 드러나서 문제로 못 써먹잖아요. 그건 이른바 불공정 행위에 포함되지 않습니다.”

“하지만 이 몸은 그 장면까지 몽땅 보여주고 진행하겠다는 걸세. 그것도 액스 님이 사진으로 보여주었던 것과 달리 현장인 이 건물을 제형의 눈으로 똑똑히 확인하라는 거야. 제형이 직접 감시하고 있는 밀실 상태의 방에 침입해 X를 살해하고 탈출해 보이겠네. 유리방에서 행하는 밀실살인이나 진배없어.”

“너무 간단하잖아. 유리를 깨고 들어가면 되지.”

잔갸 군이 이죽거렸다.

“무슨 터무니없는 소리를. 유리에는 흠집 하나 내지 않고 드나들 걸세. 그 어떤 대마술이나 환영도 여기에 비길쏘냐.”

“그래서 미스터 마릭°처럼 선글라스를 꼈냐?”

반도젠 교수는 평소와 마찬가지로 노란 아프로 가발을 쓰고 후줄근한 흰옷을 걸쳤지만, 안경만은 여느 때의 장난감 소용돌이 안경이 아니라 고글 타입이었다. 새카만 렌즈 두 개가 슬릿 상태로 연결되어 있었다.

“이 몸은 스콧 서머즈를 염두에 두었는데.”

X

° 일본의 마술사. 자칭 ‘초마술사’로 선글라스를 끼고 다닌다.

044APD가 딱 한 글자를 쳤다.

"그러하네, 엑스맨의 미남 리더 스콧 서머즈, 통칭 사이클롭스. 이 바이저는 루비 석영 렌즈로 만들어졌지."

"딜럭스 파이터° 같은데."

두광인이 툭 내뱉었다.

"그 무슨 무례한 소리인가."

그 X 말고.

"응? 앗!"

[X] 창에 비치던 남자가 일어섰다. 그리고 벽으로 걸어가 나게 시°°의 옷걸이에 걸린 재킷에 손을 댔다.

"아니 되네. 나가면 못 죽이지 않는가."

하지만 남자의 목적은 재킷 호주머니 속에 있었다. 담배와 라이터를 꺼내 한 개비 뽑아 물고 불을 붙이더니 다시 다다미에 드러누웠다. 반도젠 교수는 후우 하고 한숨을 내쉬며 이마의 땀을 닦았다.

"진짜로 나가기 전에 해치워야 하겠네. 제형, 오늘은 먼 길 오느라 고생이 많았어. 그리고 자세한 사항은 현지에서라는 말밖에 하지 않았는데 꼬치꼬치 캐묻지 않고 이렇게 모여주어서 감사하기

° 일본에서 제작된 플래시 애니메이션 〈매의 발톱단〉에 등장하는 정의의 사도 캐릭터.
°° 일본 건축에서 기둥과 기둥 사이에 수평으로 댄 나무.

그지없다네. 그러고 보니 이렇게 얼굴을 마주하는 것도 이번이 처음이로구먼. 오? 우연하게도 오프 모임이 되었군그래. 일을 마치고 한잔하면서 추리 대결을 벌이는 것도 하나의 여흥이겠어."

"그전에 빨랑 죽여야 할 것 아니냐. 네 녀석이 시간을 제일 많이 낭비한단 말이다."

잔갸 군이 웬일로 정확하게 지적했다.

"귀공들은 이미 소정의 위치에 자리를 잡고 있어. 서로의 모습이 보이지 않으니 모르겠지만, X가 있는 방으로 통하는 길을 귀공들 네 명이 봉쇄한 형태야. 전체 도면은 '번들 포토'에 '스콧 서머즈'라는 이름으로 올렸으니 나중에 추리할 때 참고하게나."

사진 공유 사이트 번들 포토에 '스콧 서머즈'라는 이름으로 파일 하나가 업로드되어 있었다. 손으로 그린 건물 평면도였다.

곧게 쭉 뻗은 복도 한쪽에 크기가 거의 같은 방 다섯 개가 늘어서 있었다. 복도 양 끝에 달린 문은 바깥으로 통했다. 한쪽이 현관문이고 다른 쪽은 비상구다. 현관에 가장 가까운 방 앞의 복도에는 위쪽으로 이어지는 계단이 있었다. 다섯 개 중 한가운데 방에 'X'라고 적혀 있었다.

현관문 밖에는 '잔갸 군', 비상구 밖에는 '두광인', 한가운데 방 창밖에는 'aXe', 계단 층계참에는 '044APD'라고 적혀 있었다. 현재 그 위치에 대기하고 있다는 뜻일까.

"이 몸은 이제 X를 죽이러 가겠네. 혹시 이 몸을 보거든 붙잡게나. 가는 길이든 오는 길이든 상관없어. 이 몸을 붙잡으면 그 시점에서 게임 오버, 이 몸의 패배일세. 만약 붙잡히지 않고 X를 죽이고 이 건물에서 탈출하면 이 몸의 승리야."

"술래잡기냐."

"그러하네. 밀실살인과 술래잡기의 조합, 요샛말로 하자면 하이브리드야. 1대 4일뿐더러 술래에게는 들어갈 때와 나갈 때 두 번 붙잡을 기회가 있으니까 이 몸이 압도적으로 불리하다는 건 말할 필요도 없겠지. 그렇다면 이만 가보겠네."

"잠깐. 해답 내놔도 돼?"

두광인이 그렇게 말하며 반도젠 교수를 만류했다. 그리고 대답을 기다리지 않고 말을 이었다.

"무슨 트릭인지 알아차렸어. 교수는 이미 X가 있는 방의 벽장에라도 숨어 있겠지. 따라서 밀실에 들어가기를 기다려봤자 절대 붙잡을 수 없어. 살해 후에는 그대로 실내에 머무를 테지. 그러므로 나갈 때를 노려봤자 허사야. 최종 답변? 최종 답변. 정답!"

"뭘 그리 혼자 주절대는가. 이 몸은 해님 아래에 있어."

반도젠 교수가 손을 쑥 뻗는가 싶더니 창에 비치는 영상만이 격렬하게 흔들렸다. 흔들림이 가라앉자 영상에는 아프로 머리의 괴인이 아니라 목조 건물의 갈색 벽과 그 옆의 소나무가 비치고 있었다. 카메라의 방향을 바꾼 듯했다.

"이 몸은 현재 건물 밖에 있다네. 구체적인 장소는 밝힐 수 없어. 이 몸이 제대로 움직이기도 전에 붙잡힐지도 모르니까. 그럼 이번에야말로 출진. 제형의 무운을 비네."

카메라 방향이 다시 바뀌자 렌즈가 비스듬히 아래쪽, 반도젠 교수의 발치를 비추었다. 흰옷 아래로 올리브그린색 카고팬츠가 뻗어나왔고, 신발은 갈색 계통의 트래킹 슈즈였다. 두 다리가 흙, 자갈, 자갈 깔린 정원, 징검돌 위를 걸어갔다.

1분 정도 발치가 비치는 영상이 이어지다가 렌즈가 위를 향했다. 화면에 천장과 벽, 그리고 문이 비쳤다. 건물 내부인 듯했다.

"방금 전에 이 몸은 건물 밖에 있었지. 지금은 이렇게 안으로 들어왔다네. 여기는 도면에 그려진 건물 안이야. 어떤가? 아무도 이 몸을 못 잡았어. 안 보이던가? 그럴 테지, 이 문제는 다스베이더 경을 의식해서 '보이지 않는 사람'을 주제로 잡았으니까. 옵틱 블래스트로 벽을 부수고 침입했을까?"

"더럽게 썰렁하네. 돌아갈 때 잡아줄 테니 얼른 죽여라."

잔갸 군이 재촉했다.

"나중에 울상이나 짓지 말게."

"뭐라고?"

"아무것도 아닐세."

반도젠 교수가 앞으로 나아갔다. 왼쪽에 비치는 문을 하나 둘 뒤로 하고 세 번째 문 옆에 도착하자 걸음을 멈추었다. 영상이 왼쪽으로 회전했다. 문이 정면에 비쳤다.

화면에 흰옷 소맷부리에 덮인 왼손이 쑥 나타났다. 가볍게 쥔 주먹이 문을 두드렸다.

[X] 창 속에서 남자가 몸을 일으켰다.

[반도젠 교수] 창에서 반도젠 교수가 다시 한 번 문을 두드렸다.

[X] 창에서 남자가 일어나 유카타 자락을 매만지며 오른쪽으로 걸어가서 화면 밖으로 사라졌다.

[반도젠 교수] 창에 비치는 문이 바깥쪽으로 열렸다. 흰옷 소맷부리에 덮인 왼손이 문 가장자리를 붙잡고 힘껏 잡아당겼다. 문틈으로 흰옷을 걸친 몸이 뛰어들었다.

유카타를 입은 남자가 정면에 비쳤다. 놀란 건지, 몸이 굳은 건지 입을 반쯤 벌리고 막대기처럼 뻣뻣하게 서 있었다.

흰옷 소맷부리에 덮인 왼손이 유카타 어깨 부분을 붙잡았고 오른손이 목으로 다가갔다. 다음 순간 유카타를 입은 남자는 으윽, 하는 묘한 소리와 함께 그 자리에 풀썩 주저앉았다. 손발이 경련하듯이 벌벌 떨렸다.

"어? 뭐야? 죽었나? 찔렀어?"

두광인이 바쁘게 물었다.

"스턴건 아닐까요?"

aXe가 대답했다.

흰옷 소맷부리에 덮인 양손이 쓰러진 남자의 두 손목을 잡고 몸을 질질 끌고 갔다.

그 모습이 [X] 창에도 비쳤다. 아프로 머리의 괴인이 화면 밖에서 나타나 유카타를 입은 남자를 엉거주춤한 자세로 끌고 왔다. 화면 한가운데쯤에 도착하자 반도젠 교수는 남자의 손목을 놓았다.

"수상해."

잔갸 군이 말했다.

"처음에 이 방에서 나간 남자랑 스턴건에 맞고 쓰러져서 끌려온 남자랑 다른 사람 아니냐? [X] 창에서 사람이 사라진 후에 [반도젠 교수] 창에 사람의 모습이 나타날 때까지 몇 초 정도 빈틈이 있었어. 그 사이에 카메라 사각에서 사람을 바꿔친 거야."

"그렇게 바꿔칠 수야 있겠지만, 그게 밀실 트릭과 무슨 상관입니까?"

aXe가 쏘아붙였다.

"야, 그건…… 일단 수상한 점을 지적해본 거야. 추리소설을 읽을 때도 복선 같다고 느껴지는 부분에 연필로 체크하거나 포스트잇을 붙여두잖아."

잔갸 군은 삐친 것처럼 말하고 입을 다물었다.

두 사람이 대화하는 사이에 방 안에서 변화가 일어났다. 반도젠 교수가 오른손에 날카롭게 빛나는 물건을 쥐고 있었다. 가느다란 칼이었다. 반도젠 교수가 유카타를 입은 남자 옆에 쪼그리고 앉았다. 왼손으로 남자의 어깻부들기를 누르고 오른쪽 무릎으로 남자의 머리를 밀었다. 유카타가 젖혀지자 목줄기가 드러났다. 이 일련의 흐름은 [X]와 [반도젠 교수] 양쪽 창에 비쳤다. [X] 창에는 비스듬히 위쪽에서 찍은 전체 영상이, [반도젠 교수] 창에는 유카타를 입은 남자를 가까이에서 잡은 영상이 비쳤다.

반도젠 교수가 칼을 고쳐 잡았다. 칼끝을 남자의 목덜미에 갖다 댔다.

그때 쿵쾅 쿠당탕, 하고 소란스러운 소리가 울려 퍼졌다.

[반도젠 교수] 창이 심하게 흔들렸다. 유카타를 입은 남자의 모습이 사라지고 벽, 다다미, 천장, 창문, 탁자가 위, 아래, 대각선에서 나타났다가 사라졌다. 지진이 일어났을 때의 영상을 보는 것만 같았다.

[X] 창에는 비스듬히 위쪽에서 방을 찍은 영상이 흔들림 없이 계속 비쳤다. 실내에 사람이 늘어나 있었다. 흰옷을 입은 반도젠 교수와 유카타를 입은 남자 외에 두 사람이 더 있었다. 한 명은 반도젠 교수의 하반신에 달라붙었고, 다른 한 명은 위를 보고 쓰러진 반도젠 교수의 손목을 밟고 있었다.

사가시마 유키오는 깜짝 놀란 데다 혼란스럽기도 해서 자신도 모르게 의자에서 일어섰지만, 이것이 술래잡기였음이 바로 떠올랐다. 새로이 등장한 두 사람은 밀실살인게임의 멤버다. 반도젠 교수를 잡으러 온 것이다. 사가시마는 자리에 앉아 다시 생중계 영상에 집중했다.

방에 쳐들어온 사람은 둘 다 젊은 남자였다. 반도젠 교수의 하반신에 들러붙은 쪽은 몸집은 작지만 체격이 탄탄했고, 호리호리하고 팔다리가 긴 다른 사람은 운동선수를 연상시키는 쫄쫄이 셔츠와 타이츠를 입고 있었다.

작은 쪽이 잔갸 군 아닐까. 단단한 장갑차 같은 몸매가 늑대거북을 연상시켰다. 호리호리한 쪽은 두광인이나 aXe. 044APD는 이런 활극을 벌일 것 같지는 않았다. 아니다, 두광인과 aXe는 마스크를 썼다. 새로 들어온 두 사람은 마스크를 쓰지 않았다. 그렇다면 이 두 사람은 두광인과 aXe가 아니다. 잔갸 군과 044APD이다. 아니다, 그렇게 단정 지을 수는 없다. 움직이기 불편해서 마스크를 벗고 왔는지도 모른다.

잠시 상상의 나래를 펼치던 사가시마는 서서히 묘한 기분에 사로잡혔다.

술래잡기니까 붙잡으면 거기서 끝나는 것 아닌가. 붙잡는다고 해도 손으로 툭 건드리면 그만이다. 그런데 몸집이 작은 남자는 하반신을 붙들고 놓을 생각을 하지 않았다. 호리호리한 쪽은 손목을 짓밟고 칼을 멀리 걷어찬 후에 유카타 끈으로 반도젠 교수의 두 손목을 꽁꽁 묶었다. 그리고 일단 [X] 창 밖으로 사라져서 들고 온 수건으로 반도젠 교수의 두 발목을 꽉 묶었다. 그러자 몸집이 작은 쪽이 자리를 옮겨 유도의 가로누르기 자세로 반도젠 교수를 옴짝달싹도 못하게 만들었다. 더 이상 도망칠 길이 없는데도 반도젠 교수의 입에서 항복이라는 말은 나오지 않았다. 두 사람이 승리 선언을 하지도 않았다.

묘한 점이 한 가지 더 있었다. 반도젠 교수가 유카타를 입은 남자를 스턴건으로 쓰러뜨린 후에 [반도젠 교수]와 [X] 창만 뚫어지게 쳐다보다가 문득 다른 창을 보자 반도젠 교수가 잡히기 전과 조금도 변함없는 상태였다. [두광인] 창에는 다스베이더 마스크가, [aXe] 창에는 제이슨 마스크가, [잔갸 군] 창에는 수조 속의 늑대거북이, [044APD] 창에는 사람 상반신의 실루엣이 비치고 있었다. 아무도 반도젠 교수를 붙잡으러 가지 않았다? 그렇다면 지금 [X] 창에 비치는 두 남자는 도대체 누구란 말인가?

정신없이 생각하는 사이에 [X] 창에 비치는 영상이 급변했다.

왁자지껄한 소리가 나더니 새로운 등장인물이 또 나타났다. 이번에는 다섯 명이 들어왔다. 전부 남자였다. 개중 두 명은 제복을 입고 있었다. 짙은 반물색 바지와 모자, 하늘색 셔츠. 경비원이나 경찰관으로 보였다.

다섯 명이 들어오자 먼저 들어왔던 두 사람이 반도젠 교수에게서 떨어졌다. 제복을 입은 두 사람이 반도젠 교수를 묶은 끈과 수건을 풀고 대신에 수갑을 채웠다.

"살인 미수 현행범으로 체포한다."

그리고 반도젠 교수의 몸을 일으켜 세우더니 아프로 가발과 고글을 벗겼다. 사복을 입은 한 남자가 말했다.

"도도 다쓰오, 넌 이데이 겐이치 씨 살해 및 시체 유기 혐의도 받고 있어."

7월 1일

밀실살인게임을 생중계한다는 사실은 마이 비디오에 올라온 동영상 속에 몰래 예고되어 있었다. 그 동영상에서는 중간 부분에 뜬금없이 옛날이야기가 펼쳐졌다. 부자연스러운 곳을 조사해보는 것이 보물찾기의 철칙이다.

반도젠 교수는 라이브 공연 체험을 이야기하면서 음악뿐만 아니라 뭐든지 '생'이 최고라고 강조했다. 이것이 생중계의 사인이었다.

그렇다면 생중계는 언제 하는가. 동영상 속에 몇몇 날짜가 나왔지만, 문맥 속에서 제일 중요한 것은 반도젠 교수가 비틀즈를 봤다는 7월 1일. 그리고 낮과 밤 2회 공연 중에 반도젠 교수가 본 낮 공연 시작 시간은 오후 2시였다. 그러므로 생중계는 7월 1일 오후

2시에 시작되지 않을까.

그 생중계는 어디서 볼 수 있을까. 지금까지 인터넷을 토대로 게임을 벌여왔으니 생중계 또한 인터넷을 통한 라이브 스트리밍일 것이다.

라이브 스트리밍 서비스를 제공하는 사이트는 전 세계에 몇천 개나 존재한다. 생중계를 한다고 해도 특별한 기술이나 설비는 필요 없다. 일반적으로 유통되는 컴퓨터나 스마트폰으로 간단하게 방송할 수 있으므로 채널 수는 수십만 개에 달할 것이다.

7월 1일 오후 2시에 적당한 채널을 들여다보다 밀실살인게임 생중계와 마주칠 가능성이 제로는 아니지만, 복권에 당첨될 확률이나 마찬가지다. 그렇다고 모든 서비스와 채널의 목록을 작성해 순서대로 확인하면 찾아내기 전에 중계가 끝나고 만다.

사이트와 채널의 수를 줄일 수 있는 단서도 동영상 속에 숨어 있었다.

비틀즈는 일본 공연이 끝난 후 홍콩을 경유해 필리핀 마닐라로 향했다고 반도젠 교수는 설명했다. 생중계의 경유지가 홍콩임을 알린 것이다. 즉, 홍콩에 거점을 둔 라이브 스트리밍 사이트이다.

채널은 조금 더 비꼬아서 숨겨놓았다. 비틀즈의 일본 라이브 7월 1일 낮 공연은 당일 밤에 텔레비전으로 녹화 방송되었다. 중계 녹화를 제작한 곳은 니혼 텔레비전. 호출부호는 JOAX-TV.

이 같은 단서를 알아낸 사가시마는 홍콩의 실시간 방송 사이트를 하나하나 찾아 'JOAX-TV'라고 등록된 채널이 있는지 검색했다. 홍콩만 해도 수십 개가 넘는 사이트가 있었지만, 전 세계를 뒤지는 것보다야 훨씬 편한 작업이었다.

하지만 JOAX-TV라는 채널은 없었다. 이것은 속임수였던 것이다. 정답은 JOIX-TV. 옛날이야기 속의 반도젠 교수는 오사카에 살았다고 했으니 비틀즈의 일본 공연을 오사카에서 방송한 방송국, 요미우리 텔레비전의 호출부호를 찾아야 했다.

사가시마는 알아차리지 못했지만 힌트는 하나 더 있었다. 생중계에 사용된 홍콩의 라이브 스트리밍 사이트는 'CELL TV'였다. 이것은 '13호 독방의 문제The Problem of Cell 13'에서 이끌어낼 수 있었다.

그리하여 7월 1일 오후 2시, CELL TV의 채널 JOIX-TV에 반도젠 교수가 나타나 밀실살인게임의 생중계를 시작했다.

그런데 사가시마는 마이 비디오의 동영상에 숨겨진 메시지를 찾아내는 일을 게임 감각으로 즐겼기에 미사카와 상의하거나, 인터넷에서 정보를 찾지 않았다. 수수께끼 풀이는 이것도 아니고 저것도 아니라고 따지며 고생하는 과정에 재미가 있으며 답만 알아낸다고 해서 다가 아니라는 것이 그의 지론이다.

하지만 세상 사람 대부분은 답의 획득을 가장 중요하게 여긴다. 따라서 혼자 생각하다 막히면 다른 사람에게 물어본다. 그룹을 만들어 대화를 나눈다. 요즘은 인터넷으로 서로 정보를 교환한다. 백지장이건 뭐건 맞들면 낫다고, 거대한 집단은 사가시마보다 몇 시간이나 빨리 암호를 해독했다.

그리고 집단은 다양한 가치관의 집합체이다. 단순히 밀실살인게임 생중계를 보고 싶다는 구경꾼 기질을 발휘해 반도젠 교수가 낸 수수께끼를 풀려는 사람도 있었고, 그러한 반사회적 행위는 반드시 저지해야 한다고 의분에 떠는 사람도 있었다.

하지만 경찰의 엉덩이는 무거웠다. 경찰뿐만 아니라 조직이 움직이려면 절차가 필요하다. 또한 직접적인 범죄 예고가 아니라 추리해야 나타나는 메시지라는 점이 경찰의 발에 제동을 걸었다. 해외에 서버가 있어서 일본 경찰의 힘이 미치지 않는다는 이유도 있었다.

반대로 흥미 삼아 덤벼든 개인은 몸놀림이 자유롭다. 생중계 현장을 규명한 것도, 살인을 미연에 방지한 것도 경찰이 아니라 일반 시민이었다.

밀실살인게임 생중계는 7월 1일 오후 2시 CELL TV의 JOIX-TV에서 시작되었지만 그 이전에도 그 채널에서 영상이 나왔다. 6월 30일 밤부터 7월 1일 이른 아침 사이에 세 번, 본방송에 대비한 카메라 테스트 영상이 5분 정도 흘러나왔는데, 암호를 해독하고 나서 계속 JOIX-TV를 감시하던 사람이 카메라 테스트 영상을 직접 보고 녹화하여 SNS에 업로드했다. 그러자 그 정보가 네트워크 전체에 퍼졌고 얼마 지나지 않아 응답이 있었다. 한순간 비치는 산이 후지산처럼 보인다는 것이다. 그러자 그 발언도 네트워크에 퍼지면서 점점 새로운 정보가 파생되었다. 야마나시山梨현에서 보이는 후지산 같다, 정원을 본 기억이 있다, 여관 같다 등등. 그리고 현직 방송기술자라는 사람이 벽에 바른 벽지와 초점이 어긋난 수건 영상을 고기능 화상 분석 소프트웨어로 처리해 야마나시현 이사와石和 온천의 G여관이 아닐까, 하는 결론을 내렸다.

7월 1일 정오가 조금 지났을 때 여기까지 진행되었다. 당연히 경찰에 정보를 제공했다. 하지만 이 단계에서도 경찰은 바로 움직이지 않았다.

한편 네티즌들은 이때도 재빨리 움직였다. 이사와 온천 근교의 뜻 있는 사람 몇 명이 G여관으로 향했다. 후지산 같은 산이 비친다는 막연한 정보밖에 없었을 때부터 도쿄에서 서쪽으로 이동하기 시작한 별종도 있었다. 대부분은 그저 호기심을 충족시킬 속셈이었고, 개중에는 생중계를 생중계하겠다는 하이에나 같은 사람도 있었다.

그 가운데 경찰이 제때 도착하지 못한 경우에는 자신들의 손으로 막자는 사명감으로 움직인 사람이 바로 반도젠 교수를 덮친 두 명이었다. 그들 덕분에 유카타를 입은 남자 X는 목숨을 건졌다. 도쿄에서 온 여행자 X는 온천과 계류낚시를 즐길 목적으로 사흘 전부터 일주일 예정으로 G여관 별관에 머물고 있었다.

결국 15분 늦게 야마나시 현경의 경찰이 도착해 도도 다쓰오의 신병을 확보했다. 오후 2시에 생중계가 시작된 후에야 겨우 출동했다고 한다.

반도젠 교수 차림을 한 도도 다쓰오가 흰옷 아래로 짊어진 데이팩 속에는 노트북과 모바일 와이파이 루터가 들어 있었다. 귀에는 리시버와 일체화된 소형 비디오카메라를 보청기처럼 끼웠고, 비디오카메라로 촬영한 영상을 블루투스로 등에 멘 컴퓨터로 보내 AV채팅을 했다.

G여관에서 붙잡힌 사람은 도도 다쓰오뿐이었다. 별관 현관문,

비상구, 정원, 계단 층계참 네 군데에 컴퓨터와 스마트폰이 방치되어 있었지만 사람은 어디에도 없었다.

사람은 없었지만 캐릭터는 존재했다.

현관문 바깥의 등롱 뒤쪽에 놓인 노트북에는 웹캠이 내장되어 있었다. 웹캠 렌즈 앞쪽에 놓인 투명한 아크릴 수조의 돌 위에서는 늑대거북이 등딱지를 말리고 있었다.

비상구 바깥에 놓인 스마트폰 렌즈 앞쪽에는 다스베이더 마스크를 쓴 인체 상반신 마네킹이 있었다.

X의 방 창밖에 놓인 스마트폰 앞에도 제이슨 마스크를 쓴 상반신 마네킹이 있었다.

마네킹은 계단 층계참에도 있었다. 이쪽은 머리카락과 재킷으로 꾸며놓았다. 그 모습이 스마트폰 카메라에 비쳤지만, 렌즈에 납지를 붙여 영상이 흐릿하게 나오도록 손을 봐두었다.

또한 X의 방 나게시에는 카메라에 방 전체가 잡히는 각도로 스마트폰이 감추어져 있었다.

도도 다쓰오는 '야마시로 고타山城幸太'라는 가명으로 나흘 전부터 G여관 본관에 투숙 중이었다. 도도가 체포됐을 때, 아무도 없는 방에 놓인 노트북 화면에는 AV채팅 창이 여섯 개 열려 있었다. [반도젠 교수], [aXe], [두광인], [잔갸 군], [044APD], [X]. CELL TV의 서버에 실시간으로 보낸 그 화면 전체가 JOIX-TV 채널에서 바로 방송되도록 설정되어 있었다.

7월 1일에 살인 미수 혐의로 현행범 체포된 도도 다쓰오는 야마나시 현경 후에후키笛吹 경찰서에서 이틀 취조를 받고 도쿄 신주쿠 경찰서로 이송되어, 이데이 겐이치 살해 및 시체 유기 혐의로 다시 체포되어 재차 취조를 받았다.

  그 후 혼노지 하루카, 즉 다나카 아쓰코와 미조구치 히토시 살해 혐의로도 체포되었는데, 이데이 겐이치 사건으로 취조가 계속되던 7월 10일, 커다란 충격이 인터넷을 휩쓸었다.

  구류 중인 도도 다쓰오가 인터넷에 나타난 것이다.

예약된 출제의 기록

카메라는 도도 다쓰오의 가슴 위를 비추고 있었다. 그는 마스크는 물론 가발도 쓰고 있지 않았다. 피곤한지 눈 아래가 거뭇했고 뺨은 쑥 들어갔으며 입가에는 수염이 지저분하게 자라서 지명수배 사진보다 열 살은 더 나이 들어 보였다. 하지만 렌즈를 똑바로 쳐다보는 두 눈에는 힘이 깃들어 있었다.

"밀실살인게임 파일이 인터넷에 나돈 게 재작년이었던가요. 수사원의 컴퓨터가 바이러스에 감염되어 원조인 오노 히로아키 그룹의 영상이 유출됐죠."

생긴 것치고는 조금 높은 목소리였다. 그리고 온화한 말투였다.

"정말 짜릿했어요. 이렇게 멋진 놀이를 하는 사람이 있을 줄은 몰랐습니다. 그리고 저도 같이 해보고 싶었어요. 어째서 불러주지 않았는지 분하기도 했습니다. 유출된 자료를 되풀이해 보면서 매일 상상의 나래를 펼치다 한숨을 쉬기도 하고, 뭐 제정신이 아니었죠. 자동차 카탈로그나 여행 팸플릿을 화장실 안까지 들고 들어갈 만큼 푹 빠진 거랑 비슷합니다. 동인지가 나왔다는 정보를 입수하면 한정된 백 부를 어떻게든 사려고 빗속에서 빅사이트°와 마쿠하리멧세 앞에 줄을 섰어요.

하지만 그렇게 깊이 파고들면 들수록 부족함이 느껴졌습니다. 곁에서 보기만 해서는 견딜 수가 없더라고요. 직접 해보고 싶었습니다. 실제로 저와 비슷한 사람들이 제법 많아서 밀실살인게임 추종자들이 속속 등장했죠. 하지만 죄다 흉내를 내는 데 그쳤어요. 오노 씨 그룹이 만든 포맷을 그대로 물려받아 문제를 바꿨을 뿐이죠. 하나도 안 멋있어요. 따라 하려면 차라리 안 하는 편이 낫다고요. 진짜 추종자는 모방자와는 다릅니다. 선구자가 남긴 것을 이어받으면서도 자신만의 맛을 더해 한 단계 다른 곳으로 가야 합니다. 문화란 그렇게 계승되고 발전해가는 거겠죠.

그래서 저는 밀실살인게임을 하고 싶다는 욕구가 쌓여도 섣불리 손을 대지는 않았습니다. 그런데 어느 날 머릿속에서 번뜩였어요. 단순한 모방이 아니라 다음 단계로 옮겨갈 방법이. 지금까지는 원조든 추종자들이든 동료끼리 게임을 하지 않았습니까. 한 사람이 문제를 내고 나머지 네 사람이 맞히는 거죠. 경찰에 붙잡혀서 어쩔 수 없이 정보가 새어나가는 경우는 있었지만, 절대로 스스로 나서서 요즘 이런 놀이를 하는데 같이 하지 않겠느냐고 시선을 끌지는 않았어요. 다섯 명만의 닫힌 세계, 그야말로 밀실에서 게임을 했던 겁니다.

° 정식 명칭은 '도쿄 국제 전시장'.

그 밀실을 열어버리면 어떨까 하는 생각이 번뜩였죠. 소수가 이익을 독차지한다는 발상은 구시대의 유물이에요. 이제부터는 공유와 무상의 시대입니다. 방, 차, 미디어콘텐츠 등등 공유하는 게 최첨단이죠? 프로그램도 오픈 소스. 맛있는 라면집을 발견하면 혼자만의 비밀로 삼지 않고 SNS나 블로그에 올려서 가게의 존재를 널리 알립니다. 그렇다고 해서 라면집에 홍보비를 청구하지는 않죠. 개중에는 가짜 정보도 존재합니다만.

밀실살인게임도 이래야 한다고 생각했죠. 미스터리 속의 밀실을 다룬다고 해서 자신도 현실 속 밀실에 갇혀 있을 필요는 없습니다. 내각의 사전 교섭이나 토건업자의 담합 같은 사회적 의미의 밀실도 이제는 시대와 동떨어지지 않았습니까. 하기야 그건 나중에 갖다 붙인 이유이고, 사실은 거실의 가족 네 명 앞에서 피아노를 치기보다 도쿄돔의 5만 명 앞에서 흥을 내는 편이 피가 펄펄 끓어오를 거라는 생각이 모든 일의 발단이었습니다만.

하여튼 어떻게 밀실을 여느냐가 문제죠. 참가자를 대대적으로 모집해 백 명, 천 명이 추리에 참가한다? 단순히 규모를 확대했을 뿐이라 모양이 안 납니다. 도리어 산만해져서 재미가 없을 것 같았고, 사람 수가 늘어나면 정리하기도 힘들어요. 그때 또 다른 생각이 번뜩였습니다. 흥미 있어하는 사람을 하나하나 끌어들이지만, 그들 자신은 게임에 참가하는 줄 모르게 하는 겁니다. 그럼 대단하지 않겠어요? 구경꾼 기분으로 잠깐 들여다보러 왔는데 어느 틈에 무대 위에 서 있는 셈이죠.

지금까지도 추종자 중에 혼자 게임을 한 사람은 몇 명인가 있었습니다. 오사카에서 노부부를 살해한 대학생, 후쿠오카에서 열차를 멈춘 사람 등등. 역시 혼자이기는 해도 저는 그들과 행동원리가 완전히 다릅니다. 그들은 떠오른 트릭을 실천했을 뿐이죠. 실현 가능한지 시험해보고 싶었을 뿐, 동료한테 문제로 낼 생각은 없었어요. 혼자 수수께끼 풀이를 하며 즐기는 거나 마찬가지입니다. 제 경우는 허무하게 혼자서 노는 것과는 차원이 달라요. 혼자 논다는 행위 자체가 트릭이 되어 지켜보러 모인 사람들에게 작용하죠. 혼자 북 치고 장구 치는 게임을 다른 게임이 감싼 구조입니다.

1인 5역은 상대가 시청자였기 때문에 성립한 트릭입니다. 영상과 음향은 사실을 전하는 수단임과 동시에 얼마든지 가공이 가능한 소재이고, 픽션에도 돌려 쓸 수 있습니다.

방 하나에 컴퓨터와 스마트폰을 다섯 개 갖다놓고 각각의 카메라 앞에 캐릭터를 앉힙니다. 반도젠 교수, aXe, 잔갸 군, 두광인, 044APD. 캐릭터는 다섯이지만 살아 있는 사람은 하나. 캐릭터 네 개는 사람이 아니죠.

반슈초 하우스를 무대로 한 첫 게임에서 저는 대부분 반도젠 교수 차림을 하고 참가했습니다. 그렇다면 나머지 네 캐릭터는 어떻게 했을까요. '잔갸 군'은 수조와 늑대거북만 준비하면 되니까 문제없고 '044APD'는 인형 상반신을 초점이 맞지 않게 촬영하면 됩니다. '두광인'과 'aXe'는 각각 마스크가 화면에 가득 차도록 카메라 앞에 놓아두었고요. 다스베이더와 제이슨 둘 다 얼굴을 몽땅 가리는 마스크라서 그 아래에 진짜 얼굴이 있는지 텅 비었는지는 알 수 없죠.

목소리는 어떻게 했을까요? 성우라면 구분해서 말할 수 있겠지만, 저는 아마추어인지라 음성 편집 소프트웨어를 사용했습니다. 음성 변조기죠. 미리 캐릭터 각각의 음성을 결정해 네 가지 패턴을 기억해두고 발언하는 사람에 맞추어 바꾸어가며 말했습니다."

그리고 도도는 스마트폰을 꺼내 손끝으로 화면을 두드리고 문지르다가 두 손가락으로 벌리는 동작을 하더니 마이크 부분에 대고 말했다.

"다섯 패턴인데 잘못 말한 것 아니야?"

진짜 목소리보다 나지막한 목소리가 나왔다. 도도는 스마트폰 화면을 두드리더니 다시 한 번 마이크에 대고 말했다.

"아니오, 네 패턴이면 충분합니다."

더 낮아졌다. 도도는 이번에는 화면을 두 번 두드리고 다시 말했다.

"044APD는 말이 없는 캐릭터라서."

목소리가 허스키해졌다. 다시 두드리고 말했다.

"카메라에 잡히지 않는 곳에서 이렇게 한 겁니다. 살짝 두드리기만 하면 되니까 목소리를 바꿀 때 소리는 나지 않습니다."

그렇게 날카로운 목소리로 말하고 나서 도도는 스마트폰을 집어넣었다.

"말은 간단하지만 캐릭터를 구분하기 참 힘들었죠. 둘이라면 모를까 다섯이었으니까요. 게다가 몇 시 몇 분에 어디에 있었다든가, 몇 호실의 누가 어쨌다든가, 사인은 실혈성 뭐라든가, 이렇게 아주 복잡하고 골치 아픈 이야기를 해야 해요. 대사를 모조리 외우고, 발언자가 바뀔 때마다 음성도 바꾸면서 044APD가 발언할 때는 키보드를 두드리다니 정말로 어렵죠. 어렵다기보다 학예회에서 말 뒷다리 역할밖에 못해본 저로서는 절대 불가능합니다. 그래서 미리 완벽한 시나리오를 만들어놓고 항상 확인하면서 혼자서 채팅을 했어요. 반도젠 교수와 함께 노트가 화면에 비쳤죠? 펄럭펄럭 넘기기도 하고 영화감독처럼 말아서 쥐고 있기도 했을 겁니다. 그게 바로 대본이었어요.

채팅에 시간이 오래 걸리는지라 그렇게 준비해도 몇 번 정도 틀렸습니다. aXe의 대사를 두광인 목소리로 말한 적도 있고, 깜빡하고 얼굴을 계속 들고 있어서 잔갸 군이 말할 차례인데 반도젠 교수가 입을 벙긋거리기도 했고요. 그럴 때는 다시 찍었습니다. 그렇다고 처음부터 싹 다시 찍은 건 아니고요. 틀린 부분만 다시 찍어서 편집했습니다. 디지털 데이터는 간단하게 가공할 수 있거든요.

아까 '첫 게임에서 대부분 반도젠 교수 차림을 하고 참가했다'고 말했습니다. '대부분'은 전부가 아니죠. 그렇다면 어디에 예외가 있었을까요. 바로 나고야 부분입니다. 그 장면에서는 aXe가 차를 운전해야 하니까 제가 직접 갈 수밖에 없었습니다. 그렇다면 반도젠 교수를 진짜처럼 속여야 하는데 그를 인형으로 대체하기는 상당히 위험합니다. 얼굴이 완전히 가려지는 aXe나 두광인과는 달리 반도젠 교수는 입이 움직이지 않으면 의심받을 테니까요. 그래서 나고야 부분에서는 볼일이 있어서 반도젠 교수가 결석한 걸로 처리했습니다.

두광인도 결석시킨 건 일인극을 확실하게 해내기 위해서였습니다. 차를 운전하느라 대사를 하면서 음성을 바꾸기가 힘들었어요. 대본은 스마트폰에 띄웠지만, 한순간 슬쩍슬쩍 보는 게 다였습니다. 그리고 aXe의 카메라에는 변화하는 창밖 풍경도 찍혔기 때문에 재촬영해서 편집하면 부자연스럽습니다. 반도젠 교수와 두광인을 빼면 044APD는 말을 하지 않으니까 두 명만 잘 구분해서 연기하면 되죠. 게다가 aXe와 잔갸 군의 대화는 정형적이라서 대본이랑 다르게 말해도 애드리브로 넘어가기 쉽습니다.

이때 잔갸 군과 044APD는 오쿠보의 연립주택에 있었습니다. 아무도 없는 방에서 웹캠이 늑대거북과 인형의 실루엣을 촬영했죠. 그 영상에 나고야에서 보낸 음성을 입힌 겁니다. 그리고 다른 날에 다섯 명이 다 같이 모여서 한 채팅과 함께 브로드캐스트24에 올렸죠. '두광aXe도젠044군'이라는 이름은 오위일체의 증거입니다.

브로드캐스트24에 올린 동영상 마지막 부분에 aXe가 손도끼를 비스듬히 내리치는 장면이 있었을 겁니다. 그때 저는 반도젠 교수였어요. [aXe]에는 제이슨 마스크가 비치고 있었을 뿐입니다. 그런데 어떻게 손도끼가 움직였을까요? 반도젠 교수 자리에서 조작할 수 있도록 도끼에 손을 썼거든요. 도끼를 내리치는 건 단순한 원운동이니까 초등학생 정도의 손재주만 있으면 충분합니다.

동영상 모둠 반점에 올린 동영상을 찍을 때는 고생했습니다. 지명수배되어 오쿠보의 연립주택을 못 쓰게 됐거든요. 뭐, 밀실살인게임 동영상을 일단 올리고 나면 어떻게 될지 예상하고 있었으니 예전부터 대책을 세워두기는 했습니다만. 야마가타山形의 폐교에도 4월부터 눈독을 들였습니다. 인적이 드문 곳이라 침입했다가 들키거나 촬영 중에 누가 찾아올 염려는 없었습니다. 오히려 배터리가 걱정이었죠. 폐교라서 전기가 안 들어왔거든요. 컴퓨터 배터리가 다 되면 그걸로 끝입니다.

이때도 반도젠 교수는 결석했습니다. aXe가 출제할 때 두광인은 다스베이더 마스크만 출연했거든요. 두 번 연속으로 꼼짝도 하지 않으면 부자연스러울 것 같았어요. 반도젠 교수도 결석이 잦았지만 그는 다음에 단독으로 동영상에 출연할 계획이었기에 괜찮겠다 싶었습니다.

그리하여 이번에는 두광인으로 열연했는데, 마지막 부분에서 aXe로 바꿨습니다. 044APD에게 트릭을 간파당한 두광인이 자포자기해서 자리를 떠나잖아요. 이때 어느 카메라에도 찍히지 않도록 주의하면서 aXe의 컴퓨터로 이동해서 자료를 찾는다는 명목으로 aXe를 퇴장시켰습니다. 손이 비치지 않도록 조심해서 제이슨 마스크를 웹캠 앞에서 치운 거죠. 그리고 제가 제이슨 마스크를 쓰고 aXe 자리에 앉았습니다.

그다음에 캐릭터를 한 번 더 바꿨는데 알겠습니까? aXe가 일부러 손도끼를 떨어뜨렸죠. 그걸 주우려고 몸을 구부려 카메라 앞에서 모습을 감췄습니다. 돌아왔을 때는 마스크를 쓴 마네킹으로 바뀐 상태였어요. 저는 다스베이더 마스크를 쓰고 두광인의 자리로 돌아왔습니다. 잠깐 연출을 해본 거예요. 시청자들에게 던져주는 복선이죠. 영상으로만 성립되는 트릭이니까 이런 기회가 아니면 언제 시도해보겠습니까.

곡예와도 같은 캐릭터 교체는 말로 설명하는 것만큼 어렵지 않았지만, 전체 상황에서 NG가 나지 않을까 긴장되더군요. 배터리가 언제 다 될지 몰라 불안해서 재촬영은 금물이었거든요. 실패를 피하기 위해 몇 컷으로 나누어 촬영하고 편집으로 이어붙이는 방법도 있지만, 그렇게 하면 실감이 나지 않아요. 그래서 한 방으로 승부했습니다. 두광인인데 반도젠 교수 말투로 말했을 때는 초조했지만, 애드리브로 겨우 극복했죠. 그래서 방심했는지 그 후로도 두 번 연속해서 결정적인 NG를 냈어요. 결과적으로는 다시 찍었지만 배터리가 잘 버텨주었습니다.

다음에 올린 반도젠 교수의 독연회는 다시금 말할 필요도 없겠죠. 캐릭터를 여럿 연기할 필요도 없고, 대본을 읽어내리기만 하면 돼서 편했습니다. 촬영은 변두리의 한 호텔방에서 했고요.

그리고 '7월 1일 오후 2시에 홍콩 CELL TV로 생중계'라고 게시판에다 있는 그대로 적으면 여러분도 재미없겠죠? 시청자 참가형 게임이니까요. 그래서 생중계 예고는 암호화했습니다.

그리고 드디어 라이브 당일이 밝았습니다. 생중계를 하니까 역시 더욱 긴장되더군요. 재촬영은 절대 못 하니까 NG가 나면 그걸로 끝입니다. 여기다 대본을 비춰가면서 했지만 과연 순조롭게 잘 될지 걱정이었죠."

그렇게 말하며 도도는 눈에 생중계 때 반도젠 교수가 장착한 고글, 즉 헤드 마운트 디스플레이를 갖다 댔다. 렌즈 안쪽 부분에 컴퓨터 영상을 출력하는 장치다. 도도는 장치를 쓴 채로 말을 이었다.

"'무비 포켓'이라는 동영상 공유 사이트가 있습니다. 서비스를 시작한 지 얼마 안 돼서 유명하지는 않지만, 일시를 지정해서 동영상을 공개할 수 있는 특징이 있죠. 예를 들어 7월 10일 8시라고 시간을 지정하고 7월 1일 8시에 올리면 지정한 10일 8시가 될 때까지 아흐레 동안은 시청이 불가능한 상태로 보관됩니다. 보관과 공개는 자동으로 이루어지므로 관리자가 어떤 동영상인지 훔쳐볼 걱정도 없어요.

이 동영상은 시간을 지정해서 무비 포켓에 올리겠습니다. 7월 1일의 생중계를 무사히 마치면 무비 포켓에 로그인해서 동영상이 공개되기 전에 회수해서 없애겠습니다. 만약 당신이 이 동영상을 보고 있다면 7월 10일 8시 현재, 저는 자유로이 인터넷을 할 수 없는 입장이겠죠.

체포되었다면 도도 다쓰오의 공술은 뉴스로 전해질 겁니다. 하지만 당연히 제 말이 있는 그대로 전파를 타거나 활자화될 리는 없어요. 경찰과 매스컴 둘 다 그들에게 유리한 부분만 추출하고 확대해서 전할 겁니다. 동기와 성장 과정, 취조 당시의 태도는 상세하게 보도하겠지만, 범행 절차는 은근슬쩍 무시하겠죠. 제 예상으로는 그렇습니다. 구체적으로 보도해서 흉내 내는 사람이 나오면 골치 아플 테니까요. 하지만 이번 게임에 참가한 당신이 제일 알고 싶은 건 트릭이겠죠. 그래서 어떻게 1인 5역을 했는지 영상으로 상세하게 남겨두기로 했습니다.

하지만 트릭과 그 설명에 제일 흥미를 보이는 당신이라도 보통 사람과 마찬가지로 이것만은 알고 싶겠죠. 동영상을 공개하고, 생중계를 예고하는 등 어째서 자신을 사지로 몰아넣을 만한 짓만 골라서 했느냐?"

도도는 잠시 말을 끊고 입가를 양손으로 감쌌다. 그리고 뭔가 생각하듯이 잔뜩 시간을 끌다가 입가에서 손을 떼고 손가락을 꼽으며 한 마디 한 마디 음미하듯이 말을 이었다.

"첫째, 죽고 싶지만 자살할 용기가 없어서 사형을 당할 작정이었다.

둘째, 혼자 노는 데 지쳤다.

셋째, 수사의 프로를 상대로 힘을 시험해보고 싶었다.

넷째, 더 이상 살인을 못 하도록 누가 막아줬으면 했다.

다섯째, 추종자에게 경종을 울리기 위해 나 자신을 희생했다.

여섯째, 인터넷은 자기주장을 내세우는 곳이다.

일곱째, 그 외 여러 가지. 백 자 이내로.

정답은—"

동영상은 거기서 끝났다.

밀실살인게임 마니악스

1판 1쇄 발행 2012년 6월 29일
2판 1쇄 발행 2022년 9월 16일

지은이 우타노 쇼고
옮긴이 김은모
펴낸이 김기옥

문학팀 김세화 | **마케팅** 김주현
경영지원 고광현, 김형식, 임민진

표지디자인 공중정원 박진범 | **본문디자인** 고은주
인쇄·제본 (주)민언프린텍

펴낸곳 한스미디어(한즈미디어(주))
주소 (04037) 서울시 마포구 양화로 11길 13(서교동, 강원빌딩 5층)
전화 02-707-0337 | **팩스** 02-707-0198 | **홈페이지** www.hansmedia.com
출판신고번호 제313-2003-227호 | **신고일자** 2003년 6월 25일

ISBN 979-11-6007-617-2 (04830)
(SET) 979-11-6007-597-7 (04830)

한스미디어 소설 카페 http://cafe.naver.com/ragno | 트위터 @hans_media
페이스북 www.facebook.com/hansmediabooks | 인스타그램 @hansmystery